DEDICATORIA

A todas las personas que saben que existe un mundo espiritual paralelo al material. Dedico esta novela con mucho interés en que la disfruten y sepan que nada se oculta, que no se puede hacer mal sin recibir lo que se merece. Con todo el respeto a los instrumentos que como esta servidora recibe la bendición día a día de la comunicación entre un mundo y el otro. A los que están empezando ahora que siempre tengan el respeto y la devoción que se necesita para hacer el trabajo limpio.

ANGIE GUTIERREZ

AGRADECIMIENTOS

A todos aquellos que me han respaldado por el camino de mis escritos sobre la manera en que se desarrolla la intervención de entidades espirituales en la vida de los materiales les dedico mi primera novela, continuación de uno de mis relatos de mi libro "Entre Dos Mundos". A Angelicque mi hija menor por creer en mí y a mi yerno Jason. A todas mis amistades que me pedían siguiera escribiendo cuando me desanimaba. Rosa Julia gracias por tu cooperación, corrigiendo el estilo de esta novela. Josie por toda tu ayuda. Carlos Ramírez gracias por el prólogo que escribiste porque supiste captar la intención que me hizo escribirla. Agradezco de una manera muy especial a Felix Marquez Birriel, de El Ronko Entertainment, la creación de esta portada, porque supo plasmar en ella todos los elementos que le dicté dejando a su imaginación la forma de hacerlo. Y a todos los demás que fueron parte de ella y con su entusiasmo me contagiaron para que la terminara. Gracias desde lo más profundo de mi alma.

PROLOGO

Los eventos que en un principio se originan en un sencillo cuento, hoy la autora, Angie Gutiérrez, los desarrolla en ésta, su primera novela, "*El Que la Hace La Paga*". La justicia, la equidad y la nivelación de los actos humanos planteada desde el punto de vista de causa y efecto, son temas principales en esta reveladora novela. Ningún acto debe estar intencionalmente dirigido a quitar lo que pertenece de cada ser humano y menos aun, a quitarle su felicidad, la paz y su bienestar. Cualquier acto en contrario, a la larga o a la corta, estará sujeto a que se haga justicia, ya sea por parte de los hombres, por el mundo espiritual o como en este caso, por ambos mundos.

El Que la Hace La Paga, ilustra la interacción entre un mundo material y un mundo no material, cuyo propósito es el de que cada cual obtenga en su momento, lo que le corresponde como resultado y como responsable de sus actos. Como y cuando esto ocurre no es importante, en esta vida o en la otra, el mundo espiritual no demuestra tener prisa, lo importante es que el momento de cosechar lo que hemos sembrado y de pagar nuestras deudas es inevitable.

Es muy probable que el lector encuentre en esta novela elementos ilustrativos del mundo espiritual que le despertarían curiosidad o le llamen la atención. Estos han sido manejados respondiendo al género literario, pero sin faltar a los principios básicos del mundo espiritual, los cuales han sido manejados por la autora a través de varias décadas de vida profesional como reconocida mentalista y espiritista. Gracias a su incursión como escritora, a través de sus cuentos y ahora de esta, su primera novela, se nos revelan elementos de un mundo que para muchos resulta totalmente desconocido.

Antes de finalizar, creo que es fundamental reconocer el valioso mensaje de esta novela al lector. Nos invita a pensar en nuestras faltas, a reconocerlas y a reparar las mismas antes de sufrir las consecuencias en algún momento de nuestra existencia, sea material o espiritual.

CAPITULO I

Después del asesinato de Melissa, Pablo campeaba por su respeto, seguro de que no lo iban a asociar con el caso. Estaba disfrutando del dinero del seguro y de su nueva vida como viudo.

Si lo hubieran visto como lloraba en el funeral, mientras la madre de Melissa no botaba una sola lagrima y lo miraba fijamente. Era un gran artista; mejor dicho, un gran embustero.

En el cementerio, ella se acercó lentamente y le dio una bofetada.

—A mí no me puedes engañar, maldito, yo sé que tú la mandaste a matar –le dijo la madre de Melissa, mientras todos se quedaban sorprendidos.

— Disfruta ahora, que lo tuyo te va a llegar.

— Usted está loca, señora, yo entiendo su dolor, pero usted no tiene derecho ni pruebas para acusarme de ese delito –mientras se sobaba la mejilla.

—Si la justicia de los hombres no cobra este crimen, la

justicia de Dios lo ha de hacer –dijo dándole la espalda.

Pasaron tres meses desde el incidente en el cementerio y Pablo se desquitaba no dejando que su hija se comunicara con su abuela. Así pagaría la humillación del cementerio.

—Papito, déjame hablar con abuelita, por favor.

—Te he dicho que no –decía molesto.

—Hace mucho que no sé ni de ella ni de mis titis.

—Ni falta que te hace, por eso rompí todas las fotos de esas perras, no quiero saber de tu abuela ni de tus tías. Y no sé porque quieres saber de *tus titis* si a la menor ni la conoces, es tan mala como las otras, ni siquiera vino al entierro. Vete al cuarto, estas molestando mucho, mira a ver si quieres que te castigue y te deje encerrada en el cuarto sin comer hasta mañana.

Su papa había vuelto a ser el de antes, malo y gritón como cuando peleaba con su mamita.

Su casa se convirtió en un entra y sale de extraños y, en algún que otro caso, mujeres vulgares que trataban de acercarse a ella tal vez con la idea de ganarse al padre.

Quiso vender el apartamento donde vivía, pero le fue imposible pues Melissa dejó estipulado que era de su hija junto con unos bonos y seguros extras que dejaban a la niña bien protegida y nada se podía tocar hasta que cumpliera los 21 años. Invirtió lo que le sobró del seguro en negocios ilegales, cuando se dio cuenta que se le iba a acabar lo que tenía y que lo de la niña no lo podría tocar.

—Primo, esto nos va a dejar mucho dinero –decía Ernesto, su cómplice en el asesinato de su esposa.

—Así lo espero, es lo último que me queda –decía Pablo con cara de preocupación.

Así fue como Pablo se fue involucrando más y más en

transacciones de drogas, en asesinatos y lavado de dinero. Fue haciéndose de mucho dinero y pronto se mudó a un lugar más exclusivo y empezó a utilizar el apartamento de su hija como almacén y oficina para sus fechorías y transacciones.

Mientras Pablo se dedicaba a estar más tiempo en la calle, un ama de llaves estaba a cargo de la casa y de la niña. Quiso Dios que fuera una mujer de gran corazón, que aprovechaba que el padre no estaba, para comunicarla con su abuelita. Salían por la tarde y recibían la llamada en el teléfono público frente al colegio donde la niña estudiaba que quedaba cerca.

Por las noches, Amparo, así se llamaba el ama de llaves y nana, se sentaba a rezar para que la niña no se olvidara de lo que su difunta madre le había enseñado.

—Nana, yo siento que mi mami está conmigo.

—Ella está siempre a tu lado.

—Yo quisiera estar con ella, todo el tiempo le pido que me venga a buscar. Yo no quiero vivir con mi papá, es muy malo conmigo.

—No digas esas cosas, mi niña –le decía Amparo conmovida.

—Es lo que quiero, aquí no me gusta estar sin mi mami. Ella siempre me daba besos, abrazos, nunca me castigaba y menos me dejaba sin comer. Gracias a ti no me muero de hambre, tú siempre me traes algo cuando él me castiga.

—Cállate, por favor, si se entera me bota. Él te castiga sin razón, además, a los niños no se les deja pasar hambre.

—Yo sé que él es malo, yo no lo quiero, pero le tengo

miedo.

—Ya lo sé. ¿Vas a dormir en tu cuarto o en el mío? Tu padre no viene hoy. Los viernes se va y viene los domingos tarde en la noche.

—Contigo, nana. Me gusta cuando abres el armario y todos los santitos y los Ángeles que tienes allí nos velan.

— Sí, pero no se lo digas a nadie, ese es nuestro secreto.

Amparo era una mujer de unos cuarenta años, de tez trigueña y pelo rizo suave. Ya algunos hilos de plata se dibujaban en sus sienes. Su sonrisa marcaba unos hoyuelos en sus mejillas que la hacía ver más joven. A su edad, se podía percibir la hermosura de su cuerpo aun a sus años. La cintura fina, sus caderas moldeadas, nalgas macizas igual que sus muslos y al final unas piernas bien torneadas que invitaban a cualquier hombre enredarse hasta llegar a la profundidad de ese cuerpo. Todavía era hermosa, de ojos grandes y negros como el azabache, pero se veía en ellos una gran tristeza. Siempre estaba seria, sólo la niña le hacía reír. Sentía un gran cariño por ella.

—Cuéntame historias de esas de los que cuidan a uno que son invisibles –dijo Estelita, como la llamaban cariñosamente.

—Esos invisibles, como tú le dices, se le llaman espíritus, entidades o seres.

—Mi mami debe estar junto a ellos para cuidarnos.

—A tu mami le falta un poco para llegar a ese grupo – dijo Amparo para no decirle a la niña que por la forma de su muerte, no era tan fácil pasar a los planos de los espíritus de luz. Ella lo sabía, porque parte de su vida la había pasado conociendo el mundo espiritual, gracias a su abuela quien la había criado en Puerto Rico.

—Nana, mañana es el cumpleaños de mamita, ¿podemos ir al cementerio a llevarle flores?

—Sí, Estelita, lo haremos mañana. Dejaré a los empleados con sus trabajos asignados y nos vamos temprano para el cementerio. Ahora vamos a rezar y luego a dormir.

La casa era grande y cómoda. Decorada con muy buen gusto. Cuando Pablo la vio quedó fascinado y sin encomendarse a nadie la compró. Tenía cinco cuartos dormitorios en la planta alta, cada uno con su respectivo baño. En la planta baja tenía una salita pequeña, una grande, el comedor como para doce personas, una enorme terraza, una cocina a la última moda, el cuarto de lavandería, una especie de despacho que siempre estaba cerrado con llave donde Pablo se reunía con varios individuos en ciertas ocasiones y la casa de huéspedes ocupada por el cocinero. Nadie sabía quiénes entraban al despacho, sólo el cocinero que cambiaba de oficio en ese momento, y se convertía en portero. Dos baños adicionales completaban la planta baja. Todo el mobiliario era acorde con la estructura y la decoración que estuvo a manos de un experto.

Pablo, aún casado con Melissa, sostenía relaciones con gente del bajo mundo los cuales le facilitaron el dinero que le faltaba para comprar la casa comprometiéndose a trabajar para una de las familias más poderosas en negocios ilegales. En cinco meses había logrado su sueño, vivía mejor que cuando estaba con Melissa y todo era de él. Le gustaba lo que estaba haciendo y esperaba tener una buena posición con sus "jefes". Ya se había olvidado de la difunta, realmente nunca la había querido. Vio la oportunidad de vivir bien y como era guapo y conocía bien a las mujeres supo cómo llegar a ella, conquistarla y vivir de ella hasta que se le ocurrió dejarlo. A él nadie lo dejaba. Por eso pagó las consecuencias con su vida.

Por la mañana, Amparo y Estelita se prepararon y bajaron a desayunar. Además de Amparo, trabajaban dos empleadas que se encargaban de la limpieza y los quehaceres básicos. También había un cocinero que hacía un excelente trabajo, aunque en una ocasión se le cayó de una cartera que llevaba debajo del delantal, un arma de fuego.

Sólo la familia de Melissa, su madre y sus hermanas llevaban un dolor que le pesaba en el alma. Hicieron rosarios y misas en la iglesia por el alma de la difunta. Se consolaban con las llamadas de Estelita.

Ya han pasado seis meses de la tragedia y el espíritu de Melissa está en confusión. La manera en que se queja y llora le pone los pelos de punta a quien puede oírla. Algunas personas que salen tarde de la oficina donde ella laboraba, ven una mujer caminando como si fuera una vagabunda, sangrando por un orificio semejante al de una bala en la cabeza y otro en el pecho.

> — *¿Por qué nadie me dice que pasa conmigo? Tengo que llegar a mi casa y no recuerdo dónde es. Sé que tengo una hija que me necesita, pero no la encuentro. Necesito que alguien me ayude. Por favor, ayúdenme* gritaba *y lloraba Melissa.*

No recibía respuesta. De pronto oyó su nombre.

—Por el alma de Melissa, vamos todos a rezar —decía una mujer.

—Que Dios la saque de pena y la lleve a descansar —contestaba Regina y Sandra hermanas de la difunta.

—Ave María Purísima —decía la madre.

—Sin pecado concebida —contestaban las hermanas.

Se dirigió al lugar donde oía unos rezos que le producían alivio. Vio a su madre y a sus hermanas y se acercó.

> — *Madre, por qué están haciendo esos rezos para mí. Yo no estoy muerta, estoy perdida, pero no estoy muerta. Mírame, estoy aquí, escúchame, qué pasa, por qué no me respondes, y tú, Regina, ¿qué te pasa?*

—Madre, yo siento a Melissa aquí —dijo Regina mientras a todas se le erizaban los pelos del cuerpo.

—Mi pobre hija, yo sé que estás a nuestro lado, recibe este rosario para alivio de tu alma. Sé que debes estar confundida, has muerto reciente y trágicamente. Lo único que podemos darte es oración para que encuentres tu camino —decía mientras las lágrimas invadían su rostro.

> — *No puede ser, yo estoy viva, respóndeme, mírame, estoy a tu lado.*

Sentían la presencia, pero no le podían contestar porque no la oían. Melissa seguía gritando, mas no le servía de nada. Terminaron el rosario y se retiraban cada una a sus habitaciones.

—Mañana mi hija cumpliría años, gracias a Dios que Angélica me dio cita para consultarme quiero saber cómo está mi hija y que va a pasar con mi nieta.

—No la vemos desde que descubrió en la consulta donde estaba el cadáver de Melissa —dijo Sandra.

—Veremos lo que nos espera mañana.

La casa de Angélica estaba llena de gente. Aunque llegaron en la mañana pudieron entrar después de mediodía.

—Buenas tardes, Angélica, no sé si me recuerda –dijo Antonia la madre de Melissa.

—Cómo olvidarla si la experiencia me dejó marcada para toda la vida. Ese fue mi debut y despedida, jamás buscaré personas desaparecidas.

—Lo siento, pero hiciste lo correcto; mi hija recibió cristiana sepultura.

—Bueno, hablemos de otro tema ¿En qué le puedo servir?

—Vengo a consultarme.

—Siéntese y divida las cartas cuando se las ponga al frente.

Procedió a barajar las cartas. Antonia las dividió y Angélica empezó a descifrar el mensaje que traían.

—Dice aquí que usted vino para saber de la difunta y de su nieta.

—Sí, es cierto, no me ocultes nada, lo peor ya pasó.

Dicen las cartas que los muertos se levantan de las tumbas para hacer justicia. El cumpleaños de su hija era hoy. Muchos acontecimientos sucederán y el culpable ha de pagar. Su nieta está protegida por los espíritus y ángeles de ella y por alguien que está muy cerca de ella, que tiene mucha fuerza y conoce mucho del mundo espiritual.

—Angélica ¿cómo está mi hija?

—Tu hija ha estado muy confundida y sin paz. No se ha desprendido de este planeta por la desgracia que fue su muerte. Pero ahora empieza un proceso para ella de entendimiento y de resolver de una manera u otra lo que ha sucedido. Por esa razón, ya empezó a manifestarse. Dicen mis guías que recientemente se acercó a ustedes. Marque el día de hoy, los acontecimientos empezaran a la hora de la misericordia, a las tres de la tarde. Le aconsejo que sigan rezando para que todas estén protegidas. Su nieta está a salvo, pues el amor de madre trasciende más allá de la muerte. Pero hay de aquellos que tuvieron que ver con su muerte, la cuenta ha de saldarse como sea. Le recomiendo que vaya para Estados Unidos secretamente y se ubique donde pueda estar más pendiente a la niña. La persona que la cuida se las arreglará para comunicarse con usted. Si le advierto, no se deje ver del viudo, si sucediera estaría en peligro. Si decide irse le voy a dar la dirección de un ahijado mío que trabaja como policía y él la puede ayudar.

Continúo hablando de otras situaciones y le dijo que una de sus hijas pronto conocería su futuro esposo.

—Gracias, Angélica, le agradezco todo lo que me ha dicho. Sólo espero que la justicia divina castigue a los asesinos de mi hija y que pueda volver a tener a mi nieta en mis brazos para siempre.

—Sea la voluntad de Dios. Aquí tiene el nombre y el teléfono de mi ahijado. Cuando se vaya comuníquemelo para yo avisarle y que esté pendiente.

Salió de la consulta con la esperanza de que todo saliera bien. Angélica era una mujer muy buena y todo lo que decía sucedía. Antonia le viviría eternamente agradecida.

—Madre ¿qué sucedió en la consulta? –pregunto Regina. Antonia le contó rápidamente y cuando llegaron a la casa empezaron a llamar a la agencia de viaje para hacer los arreglos de los pasajes. Se irían Antonia y Regina. Sandra se haría cargo de los negocios de Antonia, además, no estaba de acuerdo cómo se estaban manejando las cosas, todo era a prisa sin pensar. No era que no creyera en Angélica, era que había perdido ya una hermana y no quería perder a más nadie.

—Madre, razona espera un poco para que hagas las cosas organizadamente –decía Sandra.

—Tengo que estar pendiente a mi nieta.

—Yo entiendo eso, pero si Pablo te reconoce vas a estar en peligro.

—Eso no va a suceder.

—Yo sé que la menos que está en peligro es Regina, él nunca la conoció, pues ella siempre estuvo estudiando en el extranjero y llegó al cementerio cuando ya todos se habían ido. Pero con todo y eso me da miedo que por el deseo que tienes de estar con Estelita no te controles y todo se eche a perder.

—No te preocupes, no me puedo arriesgar a perder a mi nieta nuevamente.

—No es sólo tu nieta, es la vida de todas.

—Seremos cuidadosas, además, el ahijado de Angélica nos va a ayudar.

Hicieron todos los arreglos por Internet, viaje, alquiler de apartamento y carro. Luego buscarían una empleada para los quehaceres de la casa. Ambas fueron al salón de belleza y se cambiaron el color de pelo y se recortaron. Regina no tendría problemas, pues Pablo no la conocía, mas ella quiso precaver por si salía en los retratos viejos que tenía su hermana. No sabía que el destruyó todos los álbumes de la familia al regreso del entierro. En cinco días llegarían a Estados Unidos, así que continuaban con sus preparativos.

Amparo salió hacia el cementerio con Estelita; sentía una sensación muy extraña algo que la hacía que su corazón se acelerara. Conocía bien que algo sobrenatural pasaría y no de buenas consecuencias. Pensó dar marcha atrás, pero cómo decirle a la niña que dejaran para otro día el ir para el cementerio, era el cumpleaños de la madre y aunque eso no se celebra si se recuerda y le partía el alma decirle que tenían que virar sin llegar al campo santo.

Reclamó a sus guías espirituales y a San Miguel Arcángel para que las protegiera.

— ¿Qué te pasa, nana, estas muy callada?

—Nada, mi niña.

—Yo sé que a mi mami le van a gustar estas flores.

—Sí, Estelita le van a encantar.

Llegaron a la tumba de Melissa a las tres en punto y un escalofrío le subió de pies a cabeza a Amparo. Una silueta salía detrás de la tumba. Una vagabunda con heridas de bala en la cabeza y el pecho miraba a la niña con mucha atención. Amparo la colocó detrás de ella y se enfrentó a la muerta hablándole mentalmente.

— No te acerques a la niña.

— *Es mi hija y quiero abrazarla, llevo mucho tiempo buscándola.*

— Ella no te ve, pero yo sí y de la forma que estás la vas a asustar.

— Nana, te conozco, estás hablando en tu mente con espíritus.

— Sí, Estelita, quédate tranquila.

— *Tú me puedes ver y hablar conmigo ¿por qué nadie habla conmigo? Sólo tú lo has hecho. Dicen que estoy muerta. Siento tu fuerza y sé que eres buena, por favor, ayúdame a salir de esta agonía.*

—Te voy ayudar, pero necesito que te calmes y no llores ni grites más. La niña es muy sensitiva y puede sentirte, en este momento, no es saludable para nadie.

—*Dime, qué hago, no quiero que mi reina se asuste conmigo.*

— Esta noche, cuando Estelita se duerma, voy a salir a la terraza y me voy a comunicar contigo para que hablemos. Pero ahora, retírate para que tu hija ponga las flores que te trajo a la tumba por tu cumpleaños.

— *Sí, me voy, pero ayúdame.*

— Está bien, nos veremos en la noche.

La muerta se retiró, entonces Amparo sintió alivio, pusieron las flores en la tumba rezaron y regresaron a la casa. Mientras, Estelita se fue a bañar lo que le tomaba bastante tiempo, pues se ponía a jugar con sus muñecas. Amparo se metió en su cuarto abrió el armario y se concentró para hablar con sus guías espirituales.

—Guías espirituales que me acompañan, aquí está su hija invocándolos para recibir luz en la situación en que me encuentro. Necesito instrucción para encaminar un ser que está desandando en dolor y sufrimiento. Pido respuesta para saber cuál ha de ser mi obligación.

Mientras se comunicaba con sus guías, sintió la presencia de su guía principal que se le acercó para darle respuesta a su petición. Era una mujer delgada, vestida con una falda larga de diferentes tonos de amarillo, y una blusa verde claro. De ojos color miel, pelo largo rizado marrón. Era una mulata preciosa.

— *Te escucho, hija mía, tienes una tarea muy difícil, pero lo vas a lograr. Soy Anaisa Caridad, tu guía principal, y he de darte mi apoyo para que ayudes a ese ser a encontrar su camino. Sólo te puedo decir que quien te va a ayudar es el Barón del Cementerio. Es el dueño del campo santo, sin su permiso no se puede hacer nada dentro, ni sacar nada del lugar, sin pagar las consecuencias. Siempre se representa como el primer hombre que se entierra en un cementerio. Si me preguntas por qué esa difunta pudo salir, es porque el Barón se compadeció de ella por su sufrimiento y tomó la rienda de la situación. Con el Barón se hará justicia por ella y por los que Pablo García ha asesinado y enterrado en sus dominios sin su permiso.*

Amparo palideció, sentía un gran temor a esa entidad por lo imponente. Cuando niña lo vio y si su abuela no hubiera llegado a su lado, cuando pudo soltar un grito, no estaría ahora temblando y fría, se hubiera muerto.

El Barón medía como siete pies, pero sabía aparecer más bajo. Vestía totalmente de etiqueta negra, una capa del mismo color, guantes blancos, sombrero de copa y un bastón igualmente negro, el mango del bastón era una carabela igual que su cara. Pocos, como su abuela, podían verlo sin asustarse. Ahora le tocaba a ella.

— *Respira hondo, reza y relájate, él no es una entidad para hacer mal. Es más bien justiciero. Tu abuela va a estar siempre a tu lado cuando él se te acerque hasta que te acostumbres. Si necesitas algo más, no tienes nada más que llamarme.*

Sintió un olor inmediatamente a 4711, colonia que usaba su abuela, quien había fallecido hacia veinte años. Ese olor era inimitable. Recordaba cuando ella salía del baño, como dejaba el aire impregnado con ese dulce olor a pacholí de la india mezclado con otras esencias y con la canela y miel que ella le añadía.

Vio como la silueta de una mujer muy parecida a ella se

fue dibujando frente a ella.

> — *Mi Amparito, aquí estoy para ayudarte. Te lo prometí y he vuelto para cumplir mi promesa. Sé que has sufrido mucho desde que partí. Tu vida fue un desastre, pero desde que encontraste nuevamente el camino que te enseñé cuando eras niña, has podido aliviarte. Tenemos una conversación pendiente, pero ahora no es el momento. Quiero que sepas que no tienes nada que temer, ya sé acerca el Barón, yo estoy a tu lado.*

Una pequeña y fría ráfaga de viento la acarició de pies a cabeza. Se le puso la carne de gallina. Quiso correr, pero estaba petrificada. Se fue levantando ante los ojos de Amparo y del espíritu de su abuela Juana, el Barón.

> — *Buenas tardes, he venido a ayudarte mujer, no a llevarte. Siento el temor que me tienes, ¿sabes que el miedo y la poca fe le dan fuerza al mal? Poco a poco vas a lidiar con esa debilidad para que puedas adquirir más fuerza. Te he permitido por mucho tiempo evadirme, pero tú vienes a trabajar conmigo y no se puede retrasar más. Te voy a enseñar todo lo que tienes que explicarle a la difunta y todo lo que va a suceder para que te prepares. Como ya se te advirtió, tu abuela Juana va a estar contigo, ella ha sido uno de mi mejores caballos, la más disciplinada y eficiente, espero que tú seas igual o mejor.*

Amparo estaba petrificada. Si no fuera porque sentía a su abuela al lado, seguro se hubiera muerto del susto. El Barón le trasmitió una película de todo lo que le había pasado a la difunta hasta el momento de ser sepultada.

Luego le explicó que Pablo había enterrado a más de quince personas en diferentes cementerios encima de los ataúdes de otros y eso no se lo iba a tolerar más.

Terminó la conversación y según llegó con su ráfaga fría, así mismo desapareció, quedando Amparo y su abuela Juana en el cuarto solas.

> —*Amparito, me voy a retirar, pero quiero que sepas que en la vida no hay nada que suceda por casualidad. No es casualidad que estés aquí y tampoco que tengas un encuentro con tu pasado, el que te marcó para toda la vida y el que te sumió en una tristeza que sólo Estelita la ha podido borrar un poco. Ya la niña se acerca, me voy, luego hablamos.*

No se había desaparecido Juana, cuando Estelita entró corriendo al cuarto y la abrazó.

> — Nana, tengo miedo, no sé pero presiento algo malo.

> — No te preocupes, Papa Dios siempre cuida a las nenas buenas.

— ¿Qué haces que no te has bañado? Tengo mucha hambre.

> — Si quieres, bajas tú en lo que yo me meto en la ducha.

> — Nada de eso, yo te espero. Voy a hablar con tus santitos, tus ángeles y tus espíritus.

La tarde del cementerio y el reencuentro con su abuela y el Barón la habían dejado extenuada. Fueron muchas sensaciones intensas. La de la difunta fue la más suave. Sabía que se volvería a repetir nuevamente. Bajo a cenar con la niña y luego se fueron a ver televisión. Estelita la veía, ella sin embargo, estaba sumida en sus pensamientos. Tenía que esperar que se durmiera Estelita para irse a la terraza al encuentro de la muerta. Las empleadas se iban a sus casas, sólo el cocinero se quedaba porque vivía en la casa de huéspedes después de la terraza. Él trató de conquistar a Amparo en varias ocasiones, hasta que se dio cuenta que era perder el tiempo. Ella era fría con todos y se daba a respetar. Nunca se supo cómo logró que Pablo la aceptara en la casa y tuviera la confianza de dejarla con su hija, tal vez al ver cómo se ganaba a la niña, que para él era un estorbo, siempre quiso un varón. Pero sí se sabía que traía unas muy buenas referencias de amistades de la difunta y la aceptó para no parecer descortés. Pensó que si no funcionaba, la despediría; pero el tiempo lo convenció de que era la mejor opción. Lo más que le agradaba era su discreción y que, cuando tenía sus "visitas especiales", parecía que lo sabía pues se retiraba y nadie se daba cuenta.

Se acostó con Estelita después de hacer las oraciones como todas las noches. Cuando estuvo segura de que dormía profundamente, se levantó.

A lo lejos pudo ver el humo del cigarrillo que Ulises, el cocinero, se fumaba para retirarse a dormir. Ella sabía que, además de buen cocinero, era un pistolero; no sólo por el arma que se le cayó, sino porque sus guías se lo habían informado. Cuando ella se dio cuenta de que era Pablo pensó renunciar, pero ya Estelita le había robado el corazón y no podía dejarla en manos de personas sin escrúpulos que le fueran a hacer daño. Bajo las escaleras sigilosamente, sabía que antes de acostarse y después del cigarrillo, Ulises daba una ronda para asegurarse de que todo estaba en orden. Llegó a la terraza y en el lugar más oscuro, espero haciendo sus oraciones hasta que llegara la difunta. Sintió un escalofrío. La difunta se presentó y comenzaron a dialogar.

— *Necesito tu ayuda, sé que no puedo continuar en esta confusión, no tengo paz. Estoy desesperada, no sé lo que pasó conmigo, me cuesta trabajo creer que he muerto.*

— Yo te voy a explicar todo, pero tienes que entender que no estás aquí por casualidad. Tú y algo más quiere hacer justicia por lo que te pasó y por otras faltas graves cometidas por Pablo, tu viudo. Tu muerte fue planeada por él y su primo, Ernesto. Tú te querías divorciar y él planificó tu muerte para cobrar un seguro. Cuando se enteró que no podía hacer nada con el apartamento, ni con los bonos que le dejaste a la niña, lo que le quedaba lo invirtió en negocios sucios como drogas, lavado de dinero y asesinatos.

— *Tengo que proteger a mi hija, no la puedo dejar a merced de un asesino. Mi Estelita debe estar con mi madre. No sé qué hacer, yo misma, no sé qué hacer conmigo.*

— No te desesperes más, yo sé cómo ayudarte, pero tienes que hacerme caso. De primera intención, debes reconocer tu estado para irte desprendiendo de la confusión y poder adelantar como espíritu. No es fácil, por la forma en que sucedió, pero se puede. Debes hacerlo por tu hija. Tu asesinato no va a quedar impune. Lo más importante es que puedas alcanzar un nivel más alto del que estás. Tienes que salir para adquirir lo que se llama luz y así vas a poder manejar la situación más efectivamente. Yo voy a empezar a poner lo necesario para que vayas encaminándote. Sólo faltan unos meses para que cumplas el año de tu muerte y al día siguiente, comenzará el final de los que te hicieron daño.

— *Confío en ti. Ya siento que estoy en camino a mi liberación. Se acerca alguien. Debo retirarme.*

Tan pronto como la difunta se retiró, Ulises apareció en la terraza pistola en mano.

— ¿Qué hace aquí tan tarde, Amparo? Oí voces y vine a ver quiénes se habían metido.

— Soy yo, que estaba hablando sola en voz alta.

— Qué raro, eran voces diferentes.

— No sé de qué voces hablas, era yo solamente.

— Ahora le ha dado con hablar sola.

— Ese es mi problema, vaya a acostarse que el señor viene mañana y todavía quedan cosas que hacer. Tiene que ir temprano a comprar al mercado y tener lista la cena para unos invitados que vienen con él.

— Sí, es cierto, estamos a fin de mes y va hacer de locura pues algunos tienen gustos diferentes y hay que complacerlos a todos. Son gente muy importante.

— Buenas noches, Ulises, hasta mañana.

— Hasta mañana.

Amparo se retiró a su habitación para no darle oportunidad a que la siguiera interrogando, tenía que tener más cuidado. Pero se dio cuenta que Ulises podía oír a los espíritus. Se acostó pensando en cómo serían los acontecimientos cuando se destapara esa caja de Pandora. Logró dormirse a las tres de la madrugada.

CAPITULO II

Se despertó por la cosquilla que Estelita le hacía en la nariz con su osito de peluche.

—Vamos, nana, levántate. Tengo mucha hambre, quiero ir a la iglesia del colegio y llamar a mi abuelita.

—Sí, mi niña, apúrate ve al baño en lo que voy a tu cuarto a sacarte la ropa.

Ulises estaba en la cocina terminando de hacerle el desayuno cuando bajaron listas para desayunar e irse para la iglesia. Ya Amparo había dejado un vaso con agua en la mesita de noche y una vela prendida para la difunta en un envase seguro.

La cocina estaba llena de paquetes con las carnes, pescado y el resto de los alimentos que el cocinero iba a confeccionar para los visitantes.

Era un hombre alto, blanco, fornido, velludo, de ojos azules y pelo castaño oscuro. Era más o menos cincuentón, pero tenía una mirada que le helaba los huesos a cualquiera era como si estuviera buscando descubrir el secreto más íntimo de las personas. No confiaba en nadie, además, de ser malicioso. Trató de empatarse con Amparo, pero no pudo ni siquiera penetrar en su secreto, siempre decía que todos tenían un secreto.

Él también tenía lo suyo. Aprendió a cocinar en el restaurante Pequeña Italia de su padre que se llamaba igual que él. Su tío Alfredo era un tramposo y quiso quedarse con el negocio. En un momento de necesidad su padre le pidió un dinero prestado sin pensar que su propio hermano lo iba a arruinar con los intereses. Él tenía en ese tiempo diecisiete años. Vio cómo llegaron al restaurante a reclamar el pago y el padre sacó un revólver que su propio hermano le había dado. Nunca se fijó que no servía, cuando trató de disparar mascó la bala, este cayó al suelo acribillado con las balas de todos, incluyendo las de su tío. El tío se reía, sabía lo del revólver, se lo dio con toda la intensión. Nadie sabía que él estaba en el almacén en la parte de atrás, pues a esa hora nunca había nadie sólo su padre quien cerraba el negocio. Ulises estaba con una noviecita cuando oyó la discusión y logró verlo todo por entre la puerta. No emitió ningún ruido, sólo le tapó la boca a la novia para que no gritara. Le advirtió que no dijera nada porque la podían matar a ella y a él también. La muchacha llegó a su casa y le contó a sus padres lo que había sucedido. Esa madrugada salieron todos de la casa y jamás se supo de ellos. Ulises lloró toda la noche y cuando le vinieron a avisar, ya era otra persona. Tenía que vengarse del causante de su desgracia; perdió todo, su padre, el negocio y a su amor. Era un secreto que todos sabían, el tío controlaba todo en los alrededores negocios, juegos, mujeres. Después del sepelio, el cual fue pagado por el tío, se fue dando cuenta que las intenciones siempre fueron quedarse con su cuñada, que era su madre. Para ganarse a su madre Rosa, se acercó a su hijo o sea él. Realmente siempre vivió locamente enamorado de ella y ahora se presentaba la oportunidad de tenerla para él. Ulises tuvo que hacer de tripas corazones para que el tío no se diera cuenta del odio que le tenía. Esos rostros de los asesinos de su padre jamás se borrarían de su mente. Su arma se convirtió en su mejor amiga. Aprendió a disparar solo. Iba todos los días al gimnasio para fortalecer su cuerpo. Durante tres años soportó la tortura de vivir en el mismo techo con el asesino de su padre. Ver a sus dos cómplices comiendo de las manos de su madre. Sin poder gritarles que lo sabía todo, que ellos habían matado a su padre. Estudió en una escuela todo sobre cocina, fue el mejor estudiante, pero nada le satisfacía sólo el pensamiento de que se iba a desquitar era lo que lo mantenía de pie. El restaurante se convirtió en uno de los mejores de la ciudad, manejándolo él a sus escasos veinte años. El tío no se sospechaba que pronto pagaría lo que había hecho.

Su madre comenzó a prepararse para ir a Italia a pasar unos meses con su familia, ya que por mucho tiempo no compartía con ellos. Camino al aeropuerto, su madre rompió el silencio.

> — Hijo, que callado estás.- Pensé que era mejor que me trajeras al aeropuerto.- Tu tío tiene una de sus benditas reuniones y sé que llegaría tarde con él. Tal vez querías quedarte en el restaurante, me lo hubieras dicho. Hace tanto tiempo que no veo a mis padres están muy viejos y quiero verlos vivos. Mucho trabajo me costó convencer a tu tío para que me dejara ir a Italia por dos meses. Anoche me dijo que va a hacer arreglos para ir dentro de un mes y regresar conmigo. Nunca pensé que me quería tanto. Ulises, estoy hablando contigo y no me contestas. Estás como cuando tu padre murió. No hablas.

> — Mi padre no murió, lo asesinaron —gritó desde

el fondo de sus entrañas.

Su madre abrió los ojos espantada por el grito.

— Perdóname, mamá. Estoy nervioso.

— Estas muy alterado, hace días que te noto preocupado y nervioso, dime qué te sucede.

— No es nada, es que nunca te has separado de mí, es como si nunca te volviera a ver. Toma esta carta y prométeme que no la vas a abrir hasta que no llegues a la casa de los abuelos. Tienes que jurarme que no la vas a abrir hasta que llegues a Italia.

— Está bien, te lo prometo.

Ulises bajó las maletas. Luego fueron a revisar que todo estuviera en orden. Cuando se despidieron en la puerta de salida se abrazaron fuertemente, era más que una simple despedida, era que jamás se iban a ver. Tanto madre como hijo sintieron una sensación extraña, como si algo los iba a separar para siempre.

Ulises se fue directo al restaurante. Sabía que su tío y sus secuaces después de recoger el dinero de las apuestas y de todos los negocios sucios que tenía con "la familia", terminaba bebiendo y comiendo en el restaurante. Decidió aprovechar el momento para llevar a cabo el plan que por mucho tiempo había desarrollado. Su madre no estaba, así que liquidaría a los asesinos de su padre y él desaparecería también, en la carta le explicaba todo. El matar a gente que es empleada por la mafia es ponerle precio a su propia cabeza.

Llegó al restaurante justo a tiempo para hacer la comida. Puso la mesa como para los comensales más distinguidos del lugar. La mejor vajilla, copas y el mejor vino. No podía faltar la música de su tierra.

— Los negocios están mejorando cada día más. –

Esto pondrá a los jefes muy contentos. Estamos superando a los jefes del Sur. Esto puede traer problemas, pero entre más dinero haya, más poder tendremos, y yo espero tener mejor posición en la familia –dijo el tío.

— Contamos el dinero ahora o más tarde –dijo el que seguía en mando al tío.

— Tengo mucha hambre, dejémoslo para cuando comamos –dijo el tío.

— Como usted diga, jefe.

Procedieron a sentarse frente a la mesa y se sirvieron sendas copas repletas de vino. Reían y disfrutaban sin saber lo que le esperaba. Comieron y bebieron hasta saciarse. Ulises le había puesto un químico en la bebida que los mantenía consiente, pero sin fuerzas.

— Ulises, todo estaba delicioso como siempre, pero me siento extraño.

— Nosotros también –dijeron los secuaces del tío a coro.

— Lo que sucede es que yo le puse una droga en la bebida y aunque están conscientes, no se pueden mover.

— ¿Con qué propósito nos haces esto?

— Para matarlos.

— No puede ser posible que después que te he tratado como a mi propio hijo me pagues de esa manera.

— Si ustedes no hubieran matado a mi padre les tendría que agradecer lo que ha hecho por mí, pero ustedes lo mataron y ahora yo me voy a vengar. La sangre de mi padre, con la suya.

— Estás loco, nosotros no hicimos nada en contra de tu padre.

—El día que ustedes vinieron a cobrar los intereses y que lo mataron yo estaba en el almacén. Los oí después que lo mataron como se reían del revólver dañado que usted, tío, le había facilitado.

—No puedes hacerme esto, soy tu familia –decía el tío tratando de moverse inútilmente.

—Mi familia es mi madre, nada más.

—Que dirá ella de todo esto, recapacita.

—Ella va a saber toda la verdad cuando llegue a Italia. – Le di una carta para que la leyera cuando llegara. Ahí le explicaba todos los detalles y porqué de sus muertes en un fuego en el restaurante.

—¿Qué piensas hacer maldito bastardo? –gritaba el tío.

—Cobrarle lo que le hicieron a mi padre.

—La "familia" te va a buscar donde quiera que estés.

—No le tengo miedo a la muerte, yo morí el día que ustedes asesinaron a mi padre.

—Perdóname, dame una oportunidad, en esas bolsa hay mucho dinero puede ser tuyo, pero no me mates.

—Ya es tarde, las llaves del gas del sótano están abiertas; dentro de poco el gas subirá y yo, antes de cerrar la puerta del restaurante, voy a dejar una de las velas encendidas.

—No te atrevas a hacerme esto –gritaba el tío desesperado

Ulises le dio la espalda y fue a subir la música más para que no oyeran los gritos. Recogió las bolsas de dinero y se fue en su carro. No pasaron cinco minutos cuando se sintió una explosión y el restaurante fue consumido por las llamas.

La madre de Ulises, en pleno avión, se despertó ahogada en llanto como si algo terrible hubiera sucedido. Luego pensó que era una simple pesadilla y siguió durmiendo, eran entre ocho horas de viaje y cuatro para llegar a Umbría. Un pequeño pueblo en el centro de Italia donde las casas eran estilo colonial y con un gran olor a trigo. Llegó sumamente cansada, sólo quería abrazar a sus padres, saludar a su familia e irse a su cuarto a leer la carta de su hijo. Tuvo intenciones de leerla en el avión, pero era una mujer de palabra y con su hijo más. Casi eran las dos de la mañana cuando pudo zafarse de la familia. Se dio un baño que hizo que su sangre circulara por todo su cuerpo, se sentía entumida. Había puesto los espejuelos encima de la carta que su hijo le había entregado en el carro. Y procedió a leerla.

"Mama sé que usted es una mujer de palabra y ahora cuando usted esté leyendo esta carta, muchos acontecimientos abran pasado al otro lado del mundo donde yo estoy. No quiero que usted se sienta mal por lo que lee de mi puño y letra. Siempre fui feliz a su lado y al lado de mi padre, hasta que lo asesinaron. El día que lo asesinaron yo estaba en el restaurante con Giovanna, que era mi noviecita. Los dos vimos quien lo hizo. Por eso ella y su familia desaparecieron de la ciudad por temor a quién lo mató.

Mamá, usted no se puede imaginar el dolor tan grande que sufrí y el silencio que tuve que guardar para protegerla a usted y a mí. Esperé tres años para vengarme de los asesinos de mi padre. Sé que mi vida será un infierno porque no la voy a ver jamás. Es mejor que piense que estoy muerto y rece por mí, voy a ser perseguido hasta que me maten, pero no me importa ya mi padre estará vengado y los asesinos, quemándose en el infierno. Tengo un dinero que le voy a hacer llegar pronto. No regrese a los Estados Unidos jamás, por su vida y por la mía.

Siento mucho que sea viuda otra vez, pero quien mato a mi padre fue quien pago su funeral y se casó usted. Su propio hermano. Hasta nunca, Mama, écheme la bendición."

Ulises

Sonó un golpe seco. La madre de Ulises cayó en el suelo inconsciente. Estuvo varios días de cama, sólo oraba y lloraba sin consuelo. Uno de esos días se levantó, fue a la basílica de San Francisco de Asís, habló con el sacerdote y, desde ese momento, hizo los arreglos para tomar los hábitos de monja. Sin su hijo, no valía la pena vivir en el mundo. Se dedicaría a ayudar a los enfermos y necesitados hasta que la muerte llegara.

Dicen que en un momento la fueron a buscar unos hombres de la región mandados por gente de Estados Unidos, pero al ver que estaba sirviéndole al Señor, no se atrevieron hacerle daño. Esas "familias" respetan mucho la iglesia.

Ulises se pasó la vida huyendo dejando un rastro de sangre donde quiera que pasara. Ahora trabajaba con los enemigos de la familia que por un tiempo lo buscó. Los tiempos habían cambiado, pero él siempre seguía desconfiando.

— Madrugó para ir al mercado.

— Sí, señora Amparo, temprano se consiguen los productos de mejor calidad.

— Después del desayuno, nos vamos a la iglesia y caminaremos un poco por el parque. – Cualquier cosa, ya sabe dónde estamos.

Se fueron a la iglesia y luego a llamar a la abuela. Muchos eran los acontecimientos y Amparo sabía que afectaba a muchas personas que tuvieran un lazo con la difunta.

— Abu, bendición.

— Dios me la bendiga, mi sol.

Así comenzaron una conversación que duró quince minutos.

— Estelita, pásame a Amparo.

— Dígame, señora –dijo Amparo.

— Amparo, no quise decirle nada a la niña. Salgo para Estados Unidos mañana a las nueve y llego a las doce y media del mediodía. Ya todo está preparado, voy a estar en el complejo de apartamentos White Plains que queda bastante cerca de la casa. Tenemos- mucho que hablar, pero haremos los arreglos más tarde.

Llegaron a la casa casi a la una de la tarde. Sabía que a fin de mes "las visitas" se encerraban desde las seis hasta altas horas de la noche. Era el único domingo que Pablo llegaba temprano con sus invitados. Era día de cuadrar cuentas. Subió a atender a Estelita a que se aseara, mientras pensaba como encontrarse con la abuela de la niña sin levantar sospechas. No era de salir, ya que no tenía familia. Ya vería que se inventaría para lograrlo.

— Nana, ya termine, bajemos a comer.

— Sí, Estelita, tenemos que comer, hacer lo que falta de las tareas; ya mañana vas para el colegio.

— Amparo, Don Pablo llamó para decir que uno

de los inversionistas viene directo a la casa. No he terminado de cocinar, usted me podría vigilar la comida en lo que lo busco al aeropuerto. Él no quiere que el caballero tome un taxi.

— No se preocupe, la niña va a dormir un rato, hace sus tareas y ve televisión, así que yo le puedo hacer.

— Le dejo todo preparado y me voy.

— Sí, cuando llegue subo y no bajo hasta mañana.

Ulises no hizo ningún comentario. Sabía que ella era bien discreta, eso era lo que permitía que siguiera en la casa.

Subió a Estelita y bajó nuevamente a la cocina para terminar la cena. Sintió la presencia de su abuela Juana.

CAPITULO III

— *Amparito, quiero que te prepares, hoy tendrás un encuentro con el pasado del que nunca has querido hablar.*

— ¿De qué hablas? No te entiendo.

— *De la razón de tu tristeza, del dolor que guardas en tu corazón. De lo que casi destruye tu vida.*

— No quiero que hables de eso.

— *Si tenemos que hacerlo para que te liberes de ese sentimiento de culpa que te ha acompañado por tanto tiempo.*

— Abuela, sabes que estoy pagando mi pecado y lo que te hice, tu muerte fue por mi culpa.

En un instante Amparo recordó sus dieciocho años. Era una muchacha hermosa, alegre y llena de vida. Era huérfana y su abuela la había criado con mucho amor y como pobre no le faltaba nada. Juana era costurera, muy buena por cierto, y tenía clientes de todas las clases sociales. Vivían en una casa pequeña cerca de la playa. Amparo se metía en el mar desde temprano en la mañana, para luego irse a sus clases. Su abuela quería que fuera a la universidad y fuera algo más que una costurera, como ella decía. Amparo tenía muchos pretendientes, pero ninguno le interesaba. Disfrutaba su vida a plenitud, reía y cantaba como los ángeles. En todas las fiestas del barrio le pedían que cantara. Su abuela se sentaba en el sillón de madera en el balcón y allí, Amparo, le cantaba aquellas viejas canciones que a la abuela le encantaban. Todos los martes y viernes se sentaban a rezar y su abuela le hablaba y enseñaba todo lo que era el mundo espiritual. Siempre decía que Amparito iba hacer mejor que ella. A Juana no le gustaba consultar a su nieta. Decía que no se debía mezclar los lazos de sangre y sentimientos con la consulta y el trabajo espiritual. Amparo no confiaba en nadie, insistía tanto hasta que una noche después de los rezos, sacó sus cartas españolas.

Su abuela comenzó a descifrar el lenguaje de las cartas y empezó a palidecer.

— Abuela, qué te sucede, estas pálida –dijo Amparo al ver la reacción de su abuela cuando acomodo las cartas.

— Amparo no hubiera querido ver esto, pero tengo que decirte lo que dicen estas cartas para que evites llegar a lo que veo aquí.

— Dime abuela, por favor, estás temblando.

— Dice que un hombre va a destruirte y junto con eso viene nuestra separación. Que no te olvides de todo lo que te he enseñado, que pasaras mucho dolor y mucho trabajo, pero al final volverás a los caminos espirituales y encontrarás la felicidad. Entonces nos volveremos a encontrar.

— Abuela eso no puede ser, nunca nos vamos a separar y yo no tengo amores con nadie. Tú y yo siempre vamos a estar juntas. Prométeme que siempre vamos a estar unidas.

— Sí, mi Amparito, te prometo que siempre voy a

estar contigo.

No le pudo decir que la muerte la iba a alejar de ella para siempre. Al cabo de varios meses, en una fiesta de pueblo donde fue con unos amigos, se puso a cantar una canción que la orquesta estaba tocando, todos se le fueron acercando y le pidieron que continuara. Fueron muchos los aplausos y las felicitaciones. Uno de los que se le acercó fue un joven músico de la orquesta. Era unos cuantos años mayor, pero guapísimo, según pensaba Amparo. Estuvieron hablando un rato y quiso convencerla de llevarla a la casa, lo cual ella declinó pues no salía con extraños.

A él le gustaba mucho la chica y se las ingenió para conseguir la dirección y la escuela donde ella estudiaba. Comenzó a acercarse poco a poco, hasta que Amparo consintió en salir al cine. Todavía no entendía porque no le habló nada a su abuela de ese muchacho. Pero se daba cuenta de que ella la miraba más profundamente que antes y, por supuesto, no quiso consultarse más. En el cine le robó un beso, fue algo fugaz, pero que la hizo estremecer.

Salieron camino al malecón para ver la luna reflejada en el mar en una noche hermosa y estrellada. Estaban sentados en el carro y en el radio se oía a Tito Rodríguez cantando Inolvidable. Amparo comenzó a cantar y Julio la miraba embelesado hasta que terminó.

> — Amparo, no sé cómo no te dedicas a cantar. Tu voz es celestial por qué no te unes a la orquesta donde yo estoy.
>
> — Mi abuela quiere que vaya a la universidad.
>
> — Bueno, pero puedes cantar y ganar mucho dinero y la ayudas.
>
> — Ella no va a estar de acuerdo.

— Sólo te sugiero que lo pienses, eso no te impide estudiar. Puedes cantar en la Isla sin salir afuera.

— No sé.

Por la mente de Julio corrían muchos pensamientos. Deseaba a la muchacha demasiado. Le interesaba como cantante, se iba a tomar más tiempo en conquistarla y convencerla de que cantara, pero él no tenía prisa. La orquesta estaba empezando y él sabía que cuando se proponía algo lo conseguía. Así estuvo enamorándola, complaciéndola y ella empezó a mentir para salir. Sabía que su abuela no iba a aceptar lo de la orquesta y menos aquel hombre. Quiso dejarlo, pero no podía. Algo le decía que estaba jugando con fuego y que se iba a quemar, pero ella estaba enamorada y no razonaba.

— Mi amor, no sabes cuánto te quiero –decía Julio.

— Yo sé que no podría vivir sin ti.

— Frente a este mar te juro que te voy amar para siempre –prometió Julio.

Amparo estaba tan feliz que no se dio cuenta que había caído en las garras de Julio. Frente al mar y en una noche estrellada se entregó con toda su alma a quien la iba a destruir.

Llegó a buscar su ropa, pero ya Juana la tenía lista en el balcón de la casa. La puerta estaba cerrada. Detrás de ella, una abuela lloraba en el suelo silenciosamente la pérdida del ser que más había querido en su vida.

La orquesta comenzó a oírse más que antes. La nueva cantante era un éxito. Eran bailes en toda la Isla, pero Amparo empezó a sentirse mal del estómago y uno de los músicos más viejos le dijo Julio que su mujer parecía estar preñada.

— Amparo ¿cuánto hace que no tienes menstruación? –cuestionó Julio

—Yo nunca he sido regular.

— Necesito que vayas al médico por la mañana. No estoy para cargar con un hijo a esta hora.

Fue frio y tajante. Ya no era el hombre que la enamoró. A veces se veía lavando la ropa de varios músicos y no recibía ni las gracias. El lugar donde vivía era desagradable. Un barrio de gente de mal aspecto y de gente de bajo mundo. Julio bebía mucho y varias veces quiso que fumara de unos cigarrillos ilegales, según ella le llamaba. Julio se burlaba de su forma de llamar la marihuana.

— Julio tengo tres meses –dijo Amparo sonreída.

— Eso no me hace ninguna gracia. Ahora tengo que descontarte de los bailes lo del aborto.

— De que hablas, yo no me voy hacer un aborto. Eso es un pecado.

— No seas pendeja. Yo no quiero hijos. Vamos a la casa de Hortensia para que resuelva la situación. Ella es la que me saca de esos líos. Ustedes son tan descuidadas, cómo es que no te diste cuenta antes. Ahora pagas las consecuencias.

— Te dije que no voy a abortar.

Recibió una bofetada y muchas más. Llegó a la vivienda de Hortensia toda golpeada y botando sangre por el labio y la nariz. Aquella vieja alcohólica, la amarró a los pilares de la cama con la ayuda de Julio y le introdujo un gancho por su vagina. El dolor era inmenso los gritos de dolor y desesperación alteraron a Julio y le asestó un golpe dejándola inconsciente.

Amparo despertó días después en un hospital. Se vio

entre la vida y la muerte por la carnicería que hicieron con ella y su criatura, además de la pérdida de sangre. Julio mandó un mensajero con su ropa y la advertencia de que si hablaba se tendría que atener a las consecuencias. Por más que la interrogaron no emitió ni una palabra. No tenía donde ir. Sabía que tenía que superar todo lo que le había sucedido, incluyendo que jamás podría tener hijos. Buscó trabajo y terminó cantando en una barra de mala muerte que le permitía pagar un techo, comida y estudiar por la mañana. No volvió a sonreír. Una noche estando en la barra, un antiguo amigo la reconoció. Esperó que terminara de cantar y la aguardó fuera.

— Amparo que ha pasado contigo, llevas más de dos años que nadie sabe de ti.

— No le digas a nadie que me has visto y dónde.

— No le diré a nadie, pero es necesario que regreses.

— No quiero que la abuela me vea así.

— Estas demasiado delgada, te reconocí por tu voz y tus ojos aunque ya no brillan como antes. Desde que desapareciste ya no es lo mismo. Vamos a un parque cerca de aquí para que me cuentes todo lo que ha pasado.

Caminaron hasta llegar a un pequeño parque y se sentaron. Amparo le contó todo lo que le había pasado. Alberto no sabía cómo decirle todo lo que había pasado desde que se fue.

— Amparo, tú tienes que reponerte y seguir adelante. No te puedes quedar toda tu vida en este lugar.

— Es que no tengo como mirarle la cara a la abuela. Dime como está ella. Debe haber sufrido mucho cuando me fui. Sé que ella es buena y algún día me perdonará.

— Amparo no sé cómo decirte esto, pero tu abuela hace más de un año que murió.

— No puede ser –gritó Amparo. –Fue por mi culpa –gritaba y lloraba desesperadamente.

— Cálmate, tienes que ser fuerte y salir de esa pocilga. Tienes que ser como antes para que tu abuela descanse en paz, ella nunca hubiera permitido que estuvieras en un lugar como ése.

— Si tienes razón, tengo que cambiar mi vida y tratar de empezar de nuevo, aunque éste marcada para el resto de mi vida.

Recogió sus pocas pertenencias y se fue con Alberto. Llegó donde se había criado, a la casa de aquella viejita que le dio todo y que ella la hiciera sufrir hasta causarle la muerte. Ella sabía que por su culpa, su abuela había muerto. Una vecina le entregó la llave de la casa, después de sorprenderse con su presencia. Era la mejor amiga de su abuela. No tuvo que decirle nada, con sólo su mirada le reprochaba lo que había hecho. No iba a resistir que todos la miraran de esa manera, ya era suficiente saber de lo que era culpable. Le explicó que la abuela sufrió un ataque cardiaco masivo seis meses después de ella irse. Que tenía aferrado a su pecho una foto de ella cuando ella le fue a llevar su café. Cuando la vecina le dijo la fecha, un torrente de lágrimas salió de sus ojos, ese mismo día estaba ella entre la vida y la muerte en el hospital. La vecina, además de la llave de la casa, le entregó una libreta de banco con todo el dinero que la abuela había ahorrado para su universidad. Le dijo que alguien estaba interesado en comprar la casa, si ella decidía irse nuevamente. Cuando entró a la casa sintió que no podía volver a defraudar a la abuela ni a ella misma. Fue al cuarto donde estaban la máquina de coser y el altar donde ambas rezaban. Se arrodilló y le pidió perdón a Dios, a los santos y a su abuela. Vendió la casa y sólo se llevó los santos. Se fue a los Estados Unidos, estudió y se hizo maestra, lo ejerció por veinte años, en los últimos dos años una bella niña le robo el corazón hablaba con ella y le contaba que su padre era malo y que hacia sufrir a su mama. Un día se supo que la habían asesinado y Amparo recibió un mensaje de que debía proteger la niña . A las dos semanas de la muerte de Melissa, fue a trabajar con Pablo y la niña. Vivió en el apartamento y se mudó con ellos a la casa, pronto cumpliría el año de trabajar para ellos.

En un instante, por su mente pasó todo lo que había sido su vida y las lágrimas volvieron a salir de sus hermosos ojos negros.

— Abuela, jamás me voy a perdonar lo que le hice, usted murió por mi culpa.

— *No digas tonterías. Yo morí porque me tocaba. Nunca te dije que estaba enferma para que no te preocuparas. En la última visita que hice al médico me dijo que tenía que someterme a un tratamiento, que él no me aseguraba que fuera efectivo, así que yo no iba a gastar un dinero en vano. Lo que pasó contigo no me tomó de sorpresa. No recuerdas que en la consulta te lo dije. Eso ya se sabía. No te niego que sufrí, pero me iba a morir como quiera. Quiero prevenirte de un encuentro inesperado para que te prepares. De ti depende que todo salga bien y que al final encuentres tu felicidad y todo el que debe que pague.*

— Abuela, ciento un gran alivio con lo que me dice. Lo que no entiendo es lo del encuentro con el pasado.

— *Ya lo entenderás, pero quisiera que me cantaras alguna de las canciones que me hacían tan feliz cuando estábamos en el balcón de la casita.*

— Yo dejé de cantar hace mucho tiempo.

— *Eso me haría tan feliz, anda complace a este pobre espíritu que vino a cumplir la promesa que te hice de que siempre estaría contigo.*

Amparo se sonrió y empezó a cantar. Su voz estaba igual que cuando tenía dieciocho años. La niña bajo las escaleras silenciosamente y se sentó en el piso para oír aquella voz encantadora.

.

CAPITULO IV

— Ya llegamos, señor, yo bajo el equipaje después que lo ubique. Ya don Pablo está por llegar con los demás. Déjeme abrirle la puerta.

— ¿Quién está cantando en la casa? –dijo el hombre que acababa de bajarse del auto.

— No sé, es la primera vez que oigo esa voz, de un tiempo para acá están pasando cosas muy raras.

— Tengo que ver quien canta inmediatamente – decía el hombre con andar apresurado.

Entro con Ulises hasta llegar a la cocina de donde venía la voz. Antes de que se oyera el final de la canción, el espíritu de la abuela había desaparecido. Sólo estaba Estelita y los dos hombres que calladamente miraban la espalda de la que cantaba. Ambos aplaudieron al final y cuando Amparo se volteó la palidez cubrió su rostro. Ulises estaba con el hombre que había destruido su vida, Julio. Salió corriendo de la cocina y la niña detrás.

— Nana, ¿qué te pasa?

— Nada, Estelita que vi un fantasma y me asusté.

— No entiendo, tú siempre me has dicho que no le tienes miedo a ellos.

— No me hagas caso.

Quería que la niña estuviera tranquila. Pero estaba temblando de arriba abajo.

Se fue al cuarto de Estelita a pasar el mal rato, no quería

pensar que ese maldito hombre se cruzara otra vez en su vida. Nadie tocó la puerta de la niña, así que podía estar tranquila por el momento. Empezó a sentir el movimiento de carros llegando, luego silencio. Escuchó murmullos y puertas que se cerraban. Espero una hora y ya, cuando la niña rezó y se durmió se fue a su cuarto. Cerró la puerta con llave, lo que nunca había vuelto hacer después del primer mes que empezó a trabajar. Abrió su armario e invocó todo lo que conocía para pedir ayuda.

Anaisa se acercó y le habló.

— *Como crees que te vamos a dejar sola en un momento tan decisivo en la vida de personas que van a depender de ti para lo que le depara el destino y la justicia divina. Tu abuela y el Barón te han de guiar. Juana estará a tu lado siempre, sólo cuando sea necesario vendrá el Barón. Deja el miedo y enfrenta la realidad, veras que puedes vencer con la ayuda de Bon Dye, que es Dios.*

Amparo comenzó a sentir una paz y una calma sobrenatural. Anaisa desapareció y la difunta llegó al cuarto.

— *Gracias por lo que estás haciendo por mí y por mi hija. Cada día que pasa estoy viendo las cosas más claras. Pablo es un ser despiadado, acabó con mi vida y con otras más, ha hecho mucho daño con sus negocios sucios, ha maltratado a mi hija y de no ser por ti y tus servicios de vela y agua estaría en oscuridad a causa de mi trágica muerte. Con la ayuda del Barón, quien me ha cedido fuerza para tomar parte en su plan, he podido adelantar y ahora ha llegado el momento de hacer justicia.*

— Así será, también a mí me ha llegado el momento de que me paguen lo que me deben – dijo Amparo con la certeza de que ya no tendría miedo jamás.

Se acostó después de haber hecho sus oraciones. Al otro día por la mañana preparó a Estelita y bajó a desayunar para llevarla a la escuela. Ulises le entregó un sobre que le habían dejado y la miraba detenidamente como queriendo descifrar cuál era el misterio. Puso el sobre en su cartera sin decir nada. Desayuno ligeramente y salió con la niña hacia el colegio. Luego de dejarla, se fue a un parquecito cerca y abrió el sobre. Era una carta escrita a mano por Julio.

"Querida Amparo: No te imaginas la sorpresa que me llevé al encontrarte en la casa de Pablo. Tenemos que hablar, sé que debes odiarme por todo lo que te hice. Pero quiero que sepas que desde que te perdí no he sido feliz. Traté de olvidarte, pero siempre tu imagen me ha acompañado. Sé que no merezco tu perdón, pero déjame hablar contigo.

Quiero y necesito que me escuches, dame la oportunidad de reparar mi error. No sabes cómo te busque, pero nadie sabía de ti. Llegué hasta la casa de tu abuela y no estabas.

Necesito que me dejes explicarte lo que he sufrido por ti.

Tengo que salir de viaje esta misma noche, pero regreso en tres días. Voy a buscarte para que hablemos.

Julio"

Como se atrevía decir que había sufrido ese maldito. Pero

tenía que usar la inteligencia, no el coraje. Todo tenía que estar fríamente calculado. Él conoció su inocencia, ahora conocería quien era Amparo, en lo que él la había convertido.

Llegó a la casa y una de las empleadas le avisó que Pablo la esperaba en la salita. Tocó la puerta, entró y Pablo le hizo señas para que se sentara.

— Amparo, espero que este bien.

— Sí, don Pablo todo está bien.

— Puede decirme en confianza cualquier situación que le moleste para resolverla inmediatamente.

— No entiendo a qué se refiere. Hábleme claro.

— Bueno, es que usted nunca sale ni se toma un día de descanso así que cuando lo necesite lo puede coger aún si yo no estoy aquí.

— A qué se debe esa amabilidad. Yo nunca le he pedido nada, estoy conforme como está todo. Por favor, con todo el respeto que le tengo, no me ande con rodeos y hable.

— Ya que usted lo está pidiendo, le voy a decir. Hoy me visitó un caballero que es mi mayor inversionista de negocios, se podría llamar mi jefe. Sin darme ninguna explicación, me dejó saber que la conocía y deseaba que fuera tratada con mucho respeto, atención y que lo que necesitara, lo que fuera sin escatimar, le fuera dado que él respondía.

— Muchas gracias, pero no necesito nada. Todo está bien.

— Amparo. quiero que entienda que no quiero que ese caballero se disguste conmigo. Me puede traer problemas y si yo tengo problemas, todos tienen problemas, incluyendo mi hija. Por favor que no se le olvide, usted sabe cómo es la vida.

— Sí, yo sé cómo es la vida. ¿Me puedo retirar?

— Sí, puede retirarse.

Salió de la salita con ganas de gritar y maldecir. Pudo controlarse, se encontró de frente a Ulises que la miraba fijamente como buscando una reacción sin tener de ella ninguna respuesta.

Llegó a su cuarto y se recostó un rato. Tenía que pensar cómo manejar la situación para que no se quedara un solo cabo suelto. Pablo la estaba amenazando sutilmente. Lo más importante era Estelita. Tenía que manejarlo todo con cautela, todavía no se reunía con la abuela de la niña. Ella siempre tenía su trabajo organizado y adelantado así que contaba con suficiente tiempo para ir desarrollando su plan. Tenía que hablar con el maldito y de eso partiría para dar su primer paso.

Salió a buscar a la niña al colegio. Cuando estaba con ella, se le olvidaban todas sus preocupaciones. Se estacionó y llegó a la entrada del colegio de Estelita. Siempre llegaba temprano para conseguir estacionamiento y recoger la niña a tiempo. De pronto, una joven se le acercó sonreída.

— Hola, Amparo. Soy Regina, la tía de Estelita.

— Hola, señorita, ¿no es muy arriesgado que venga aquí?

— No te preocupes, Pablo no me conoce. Tengo a mi madre metida en el auto y le hice prometer que vería a la niña de lejos por la seguridad de todas. Te voy a dejar la dirección dónde estamos y el teléfono porque tenemos que reunirnos.

— Está bien, hare lo posible porque sea pronto. Ahí viene Estelita, siempre la llevo al parquecito que está cerca de aquí. Lleva a tu madre y que se siente cerca, pero no demasiado para que la vea mejor. Yo sólo estoy de quince a veinte minutos.

— Gracias, te lo agradezco. Toma este papel, está anotado lo que te dije.

Estelita llegó corriendo y abrazó a Amparo.

— Nana, vamos para el parque rápido. Quiero subirme en los columpios.

— Ya vamos, niña, ni que el parquecito se fuera a mover.

Estelita corrió a los columpios, mientras Antonia y Regina la observaban de cerca. Las lágrimas fueron escapándose de los ojos de las dos. Sólo el miedo a cometer un error las detuvo para no correr y abrazarla.

Llegaron Amparo y la niña a la casa. Cuando entraron a la sala estaba llena de más de veinte arreglos de rosas, la cosa más hermosa que se pudiera ver.

— ¿Para quién es todo eso? –preguntó Amparo.

— Para usted, de parte de un amigo –contestó Pablo que entraba a la sala en ese momento.

— Hágame el favor y tírelas a la basura.

— ¿Cómo dice?

— No dijo que eran mías. Pues, tírelas a la basura o haga lo que quiera con ellas, no las quiero.

— Amparo, no me busque problemas.

— No es su problema, es mío.

En ese momento sonó el teléfono y la empleada se acerca anunciando que Amparo tenía llamada.

— Amparo, te gustaron las flores.

— No, y no me vuelva a llamar –dijo ella y le tiró el teléfono.

El teléfono siguió sonando y Pablo lo cogió.

— Lo siento, jefe, me mandó a tirarlas a la basura; ya vio que le colgó. Voy a tener que someterla a la mala.

— Déjala tranquila, no te atrevas a tocarla porque te mato –le contestaron del otro lado.

Pablo se quedó frio no podía creer lo que estaba oyendo. Qué poder tenía Amparo sobre ese hombre se preguntaba.

Amparo trató de seguir la rutina como si no pasara nada. Siguió comunicándose con Antonia y le hacía ver a la niña que su abuela seguía en Puerto Rico.

A la semana de Antonia y Regina estar en su apartamento, decidieron llamar a Angélica para que se comunicara con su ahijado. Ella estuvo de acuerdo y esa noche recibieron una llamada del ahijado.

— Buenas noches, mi nombre es Edward González, soy el ahijado de Angélica –hablaba español con acento americano.

— Quisiera reunirme con usted lo más pronto posible.

— Podría ser mañana como a las siete de la noche.

— Ok.

— Mami, el ahijado de Angélica viene a las siete. – Aunque tiene un acento marcado tiene una voz bien agradable.

— Bueno, hija, veremos si personalmente lo es.

— Vamos a cenar, tengo que llamar a Sandra para que no se preocupe.

Pablo se sentó en su despacho con Ulises. Estaba muy preocupado con la situación que tenía con el jefe y Amparo.

— Tremendo problema que se me ha presentado

con el jefe.

— Yo no sé, pero de un tiempo para acá están pasando cosas raras.

— ¿Qué quieres decir con eso?

— Hace unas noches atrás oí voces en el lado oscuro de la terraza. Pensé que se había metido alguien, cuando llegué Amparo estaba sola y me dijo que era que estaba hablando en voz alta. Sé que no hubo tiempo para salir o esconderse quien hablaba con ella. Pero yo juraría que eran voces distintas.

— No me vengas a decir que ella habla con fantasmas.

— Yo no sé, pero de la noche a la mañana me sale cantando y resulta que tiene una voz preciosa, además de que ella conoce al jefe.

— Lo que te puedo decir es que no la pierdas de vista sin que se dé cuenta. Pero no la molestes, el jefe no quiere que le pase nada y me dijo que si le hacía algo, me mata.

— Tan fuerte es la situación –dijo Ulises.

— Sí, así de fuerte es –contestó Pablo. Vamos a cambiar el tema. Tengo que hacerle la visita a un tipo que se está queriendo pasar de listo. Se lo advertí y no hizo caso y no quiero que otros lo imiten. Llama a los muchachos y dile que hay faena en el cementerio sur. Ya ellos saben lo que tenemos que hacer.

— ¿Es esta misma noche?

— Saldremos a las diez para que ya todo esté finalizado antes de las tres.

— Voy a llamar a los muchachos.

Terminó la conversación y se dirigió a llamar a los

compinches de Pablo que siempre eran los mismos. El primo, Ernesto, y Alex, el amigo que lo ayudó a matar a Melissa.

Mientras, Amparo continuaba adelantando al espíritu de Melissa, ya que quedaba menos de tres meses para el año de su muerte.

Sacaron por la parte de atrás de un club a la próxima víctima, Ernesto, Pablo y Alex, el amigo de Ernesto. El sentenciado estaba todo golpeado, pero vivo. Lo metieron en el baúl del carro como hicieron con Melissa. Llegaron al cementerio. Lo sacaron del baúl atado de pies y manos y con cinta adhesiva en la boca. Se oía un murmullo que salía de su boca y los ojos llenos de lágrimas.

> — Tan machote y llorando como mujercita –decía Pablo mientras se reía. - ¿Quién es el guapo ahora, tú o yo? Pendejo, esto es para que le sirvas de ejemplo a quien te quiera imitar vas a desaparecer como todos los que se han querido pasar de listos conmigo y con mi gente, anda a robarle a tu madre.

Sin encomendarse a nadie y a sangre fría le tiró a la cabeza y luego al pecho, matándolo instantáneamente. No sabía porque le gustaba dar dos tiros, si con uno en la cabeza era suficiente; pero Ernesto lo hacía de esa manera y el, también. Abrieron una tumba, tiraron el cadáver y volvieron a cerrarla. Un viento impetuoso surgió de la nada haciendo un sonido tenebroso, presagiaba el comienzo de un final. El cielo se alumbró con unas descargas eléctricas sucesivas y entre los arbustos se reflejó una figura de mujer de un rostro pálido que miraba todos los movimientos de aquellos hombres que acababan de violar la paz de los sepulcros con un sacrilegio más.

El amigo de Ernesto vio la silueta de una mujer que se movía entre los arbustos y soltó la pala temblando.

— Viste lo que yo acabo de ver entre esos arbustos –dijo tembloroso.

— De qué mierda hablas, Alex, yo no he visto nada –contestó Ernesto.

— Avancen y vámonos, que quiero salir de aquí – ripostó Pablo. A mí no me preguntes que yo no he visto nada. Pero me quiero ir, la noche se ha puesto rara.

Salieron rápidamente del cementerio, mientras dejaban atrás una figura de mujer y un hombre vestido de negro con sombrero de copa que los seguía con una mirada vacía, pues solo tenía dos huecos por ojos.

La difunta llegó al cuarto de Amparo y le contó todo lo que había pasado. Amparo le pidió que se calmara hasta que el Barón diera la orden. No se podía hacer ningún movimiento sin su permiso. Tenía que seguir tomando fuerzas de los servicios que se le estaban poniendo que ya pronto sería el año de su muerte y podría hacer justicia. La difunta se fue y Amparo, que ya había hecho sus oraciones, se acostó. Al rato salió soñando que una mujer vestida de monja le sonreía y le pedía que hablara con su hijo. Que ella estaba muy preocupada por él. Le contó quien era su hijo y todo lo que había sucedido con él, necesitaba que dejara esa vida para que su espíritu pudiera descansar. Le dio unos detalles que sólo ella podía saber para que él no dudara de la verdad que ella le iba a decir.

CAPITULO V

Despertó a la hora exacta de todas las mañanas, pero contrario a lo que le pasa a la mayoría de las personas que borran sus sueños tan pronto se despiertan, todo estaba fijo en su mente. Bajó con Estelita listas para desayunar e irse al colegio.

Miró fijamente a Ulises, pero no le dijo nada no era el momento. Tal vez durante el día lo pudiera hacer. Nunca le dirigía la palabra a menos que fuera necesario. Esto era, si lo era. De un tiempo para acá todo lo que se perdía en el mundo espiritual venía a buscar rumbo con ella. No quisiera averiguar por qué.

— Ulises tengo que hablar con usted –dijo Amparo.

El aludido quedó de una pieza. Tenía que ser algo sumamente importante para que Amparo quisiera hablar con él. La vio alejarse y sintió un escalofríos que le caló el tuétano de los huesos. Hacían días que se sentía intranquilo, su instinto le estaba dando señales de peligro. Regresó quince minutos después y lo encontró en la terraza fumándose un cigarrillo.

— Se preguntará qué ha causado que yo me dirija a usted para un asunto que de antemano usted sabe que no tiene que ver con su trabajo. La causa ha sido un sueño que tuve y tiene que ver con usted.

— De qué manera tiene que ver conmigo – contestó malhumorado Ulises.

— Déjeme contarle, tal vez pueda descifrar el mensaje. – Una mujer muy parecida a usted, de ojos azules y pelo negro, se acercó a mí en un sueño. Lo más raro de todo esto es que estaba vestida de monja.

Ulises comenzó a palidecer y cayó como sembrado en un banco de la terraza.

— ¿Qué le sucede, se siente mal?

— No es nada, por favor, continúe.

— La monja me dio un mensaje para usted –dijo Amparo.- Ella dice que quiere descansar en paz y usted no la deja. Lleva quince años tratando de acercarse a usted, pero con las cosas que dice ella usted ha hecho no ha podido. Le suplica que pare ya, para poder terminar con la tortura de ella y la suya.

— Amparo ¿qué rayos le pasa a usted, de dónde se saca una historia tan absurda?

— Su madre me la dijo y otras más por si dudaba de lo que le estoy diciendo –contestó Amparo.

— Cállese y déjeme en paz.

Se levantó del banco como un resorte y salió casi corriendo del lado de la nana. Estaba confundido, ella le decía la verdad. No podía creer lo que le estaba pasando.

Amparo lo vio alejarse y pensó que no era tan fiero el león.

El resto de la tarde se dedicó a preparar todo lo que su abuela le indicó y luego se fue a buscar a Estelita al colegio. Vio al cocinero en su área de trabajo, pero tenía los ojos y la nariz enrojecida, señal de haber llorado. No quiso dirigirle la palabra para no echarle más leña al fuego.

Cuando recogió la niña en el colegio, recibió una llamada de Regina anunciándole la visita del detective. Esa noche empezarían a desarrollar el plan para hacer justicia.

Llegando a la casa su abuela, le avisó que Julio llegaba esa noche y que tenía que seguir con las instrucciones que se le habían dado.

Sabía que no sería fácil, pero tenía que terminar lo que ella no había comenzado.

CAPITULO VI

A las siete de la noche, Regina recibió la llamada de Edward, el detective. Estaba al frente del edificio. Regina le avisó al portero para que le abriera la puerta de entrada y Edward subió al ascensor acompañado de un hombre como de cuarenta años.

— Buenas noches, Edward González, y él es Richard Smith, mi
compañero.

— Mucho gusto, ella es mi madre Antonia y yo soy Regina Blanco. –Gracias por haber venido. Angélica me explicó que usted es policía.

— Ella siempre se confunde, soy agente del FBI al igual que Ricky.

— Discúlpeme, no sé si usted está al tanto de lo que está sucediendo –dijo Antonia.

— Mi madrina me lo explicó todo. Hemos estado haciendo averiguaciones y hay ciertos datos que no están claros. Además de que ese tipo es objeto de otras investigaciones que no puedo divulgar, pero que son muy profundas.

— Yo sé que el mató a mi hija. – Él tiene que pagar lo que hizo, yo quiero recuperar a mi nieta.

— Todo será a su tiempo —contestó en español

Rick, el compañero
de Edward.

— Denme todos los detalles que sepan de la
investigación de la policía para empezar a
anotar.

Ambas mujeres hablaron lo que sabían. Mientras Edward
anotaba, Rick preguntaba y de alguna manera se colaron
unas miradas entre Edward y Regina que los inquietaron
a los dos.

— Con los datos que he recibido podríamos hacer
una investigación, pero quiero que sepan que
esto lo hacemos extraoficialmente, no podemos
interferir en la otra investigación nos podemos
meter en un lio.

— No queremos causarles ningún problema –dijo
Regina mirando fijamente a Edward.

— Estamos para servirle –contestó Edward
mientras estrechaba y le daba un tierno apretón
de mano. Ésta es mi tarjeta, me puede llamar a
la hora que sea, con toda confianza estamos
para servirle.

— Espere un momento para darle el mío y me
pueda informar de los adelantos en la
investigación.

Anotó el número en un papel y se lo entregó. Regina se
quedó en la puerta hasta que entraron en el ascensor.
Ambos sonrieron con una mirada pícara en sus ojos.
Regina se quedó pensativa. Edward, además de una voz
agradable a pesar de su marcado acento newyorican, era
el tipo de hombre que gustaba. Alto, trigueño, pelo rizo,
ojos grandes y verdes.

— Mami, que guapo es Edward –dijo con sonrisa
maliciosa.- Tiene un cuerpo atlético y eso que

estaba cubierto con el famoso traje oscuro que siempre usan esos agentes que parece que van para un funeral.

— Regina, tú no respetas. Te crees que no me di cuenta cómo lo mirabas.

— Y te diste cuenta como él me miraba a mí.

Ambas se rieron. Regina era la más joven de su hijas. Siempre fue independiente. A los dieciséis cuando terminó la escuela superior, quiso irse a estudiar a Washington y luego a Europa. Tenía un doctorado en literatura y arte. Era una mujer guapísima. Media cinco pies ocho pulgadas. Era una típica mujer latina. Buen busto, piernas gordas, cintura fina caderas anchas bien proporcionadas y nalgas abultadas sin exagerar. Su cara hacia juego con su cuerpo. Dientes perfectos, labios carnosos, ojos rasgados de color marrón oscuro y el pelo recién cortado color miel con rayitos rojizos que hacían una combinación perfecta.

Mientras, Edward se montaba en su auto; se sonreía sólo pensando en lo linda que era Regina.

— Oiga compañero, está en una nube, se ésta riendo solo –decía Rick.

— Tú me conoces de ocho años que estamos juntos y nunca mezclo trabajo con placer, pero esa mujer es preciosa.

— Quiero que recuerdes que esto es extraoficial y se permite todo.

— Sabes que me he mantenido soltero, mi trabajo es lo más importante para mí, además de que en ciertos momentos es peligroso. Nunca he querido involucrarme con nadie, es la primera vez que me pasa, pero sé que ella tiene algo especial y sé que me gusta mucho.

— Creo que la vas a llamar con la intención de conocerla, más que por la investigación.

— Creo que lo voy a evitar, no sé manejar la situación y tampoco sé si yo le agrado.

— Yo soy más viejo que tú y sí sé que le agradas.

–Si no la llamas, ella lo hará.

Amparo sintió que debía bajar a la terraza como si un pensamiento la estuviera reclamando. Encontró a Ulises fumándose un cigarrillo muy pensativo. Se le acercó. Sabía que quién tenía el pensamiento que la inquietó fue él.

— Amparo, quisiera que terminara de contarme su sueño.

— No me dijo usted que lo que le conté eran locuras mías.

— Es que no puedo entender por qué usted soñó con ella.

— Su madre desea que usted deje su vida y empiece una nueva.

— Tengo un pasado muy tenebroso.

— Hay momentos que se nos presenta la oportunidad de hacer algo que nos puede salvar el alma.

Se levantó como si le hubiera caído un montón de años encima. Ulises sentía que su mundo se estaba derrumbando. Fue caminando cabizbajo hasta el lugar donde vivía, mientras Amparo lo observaba y sintió pena por él.

Se quedó un rato más en la terraza pensando cómo se iban tejiendo los hilos de cada ser humano con otros, para luego desatar todo lo que esté enredado sin que nada lo pueda detener.

Se acercó su abuela y el Barón para hablarle, ya no sentía el pánico de antes, si un gran respeto.

> — *Amparito, hoy tienes que enfrentar a Julio; no le tengas ningún miedo, todo está calculado para que no te pase nada. Tu guía Anaisa lo ha mantenido desesperado por hablarte y verte.*

> — *Me doy cuenta que ya no me tienes miedo. Eso me gusta porque sé que vas a ser uno de mis mejores caballos.*

> — Lléveme con calma Barón que todavía me da un poquito.

> — *Pronto se te quitará, tienes mucho trabajo que hacer ahora y más después.*

Así como llegaron, desaparecieron. Eran casi las diez de la noche cuando comenzó a subir los escalones hasta el piso de arriba. Escuchó el ruido de un auto estacionándose. Su corazón se agitó levemente, sabía que había llegado el momento. Entró a su cuarto, sacó una ropa que sabía le quedaba muy bien y se fue directo al baño. Se dio una buena ducha, se perfumó, luego encontró una nota que le habían pasado por debajo de la puerta.

Necesito hablar contigo por favor. Estoy esperándote en la salita.

Tengo muchas cosas que confesarte. No puedo esperar más, necesito que me atiendas.

Te ama

Julio

"El muy descarado se atrevía escribir que me amaba. Pero él no se imaginaba lo caro que le iban a resultar esas palabras. Ahora iba a saber que las mujeres se respetan."

Tocaron a la puerta y, para su asombro, una voz que salía del otro lado de la puerta, la sacó de sus pensamientos.

— Amparo, necesito que baje inmediatamente – dijo Pablo.

— ¿Pasa algo?

    — Mi jefe la está esperando en la salita, por favor no lo haga esperar.

    — Es la primera vez que lo oigo pidiendo por favor, bajo dentro de un rato.

Se tardó media hora antes de bajar. Espero a recibir las instrucciones de Anaisa y de su abuela para manejar la situación. Se vistió con un juego de pantalón que hacía tiempo no usaba, pero que le caía como guante al cuerpo. A sus cuarenta y tantos la hacía lucir como de menos. Tenía un cuerpo bien proporcionado. Era como si Anaisa se le hubiera metido por dentro y la hiciera sentir que era espectacular, se maquilló levemente y se dirigió a las escaleras.

Cuando bajó su perfume impregnó todo a su alrededor, llegó a la salita y Pablo, al igual que Julio, quedaron asombrados de la belleza que presenciaban. Pablo nunca la había visto así y quedo tan impactado que no pudo decir nada.

    — Pablo, déjanos solos –dijo Julio.

    — Enseguida, jefe, perdón, Julio.

    — Por favor, siéntate Amparo. Estás muy hermosa.

    — Gracias, me puedes hablar claro y rápido que trabajo mañana y no estoy para perder ni mi sueño ni mi tiempo.

    — Está bien. Desde que te oí cantar y te vi no he podido tener un minuto de paz, no duermo, no vivo, no sé qué me pasa, pero necesito tenerte cerca. Quiero que me perdones todo el mal que te hice. Lo quiero reparar como sea y te prometo que te voy a ser la mujer más feliz del mundo. Te compro lo que quieras, te doy el dinero que quieras, déjame demostrarte mi arrepentimiento por todo el sufrimiento que te cause.

— No hay nada en el mundo que me pueda hacer perdonar lo que me hiciste. Por tu culpa perdí lo más que quería, mi abuela. Me quedé sola, lo dejé todo por ti; lo que obtuve de ti fue maltrato físico, tus humillaciones y burlas. Y lo peor de todo, me marcaste para toda la vida. Por el aborto que me hicieron tú y la vieja alcohólica y, sin escrúpulos, jamás pude tener hijos.

— Perdóname, Amparo, te lo suplico. Dame una oportunidad –casi lloraba.

— Quiero que me dejes tranquila y te largues de mi vida para siempre. Ya no soy la boba que se entregó a ti con toda su inocencia. Soy una mujer distinta, no quieras tener que pagarme una a una las que me hiciste.

Así mismo se levantó y lo dejó solo. Se fue a su cuarto y se tiró en la cama respirando profundo, tenía que desesperarlo para poder continuar con el plan. Luego de un rato, cuando se sintió más relajada abrió el armario y comenzó sus oraciones. Necesitaba de toda su fe y fuerza para seguir adelante.

A la mañana siguiente se sentía reconfortada, lista para seguir adelante. Estelita entró al cuarto.

— Nana, soñé con mi mami, estaba hermosa y se reía conmigo –dijo la niña. Me dijo que me estaba cuidando y que no me olvidara de ponerle las flores que le gustaban.

— Lo sé, Estelita, tenemos que complacerla.

CAPITULO VII

Ya quedaban dos meses para cumplirse el año de la muerte de Melissa. Amparo sabía que cuando se cumple esa fecha y un día, los espíritus se reconocen como tal y en el caso de Melissa empezaría a cobrar la deuda que Pablo tenía con ella.

Ambas fueron a la cocina y luego salieron al colegio. Ulises nunca fue de mucho hablar, pero ahora era mudo parecía un alma en pena.

Amparo, de regreso pensó volver a hablar con él, pero decidió que tenía que buscar la manera de encontrarse y hablar con la tía y la abuelita de Estelita sin levantar sospechas. Nunca era de salir y tenía que buscar la forma. De pronto, se le vino una idea a la mente, ya sabía quién le ayudaría a resolver la situación.

Al llegar al portón divisó el carro de Julio. Las cosas iban a ser más fáciles de lo que pensó.

Entró como si no lo hubiera visto en la salita y siguió para la cocina. Buscó un vaso y se sirvió agua. Lo sintió a sus espaldas. Unos brazos la rodearon y sintió su respiración en el cuello.

— Amparo, por favor, déjame estar a tu lado no sé qué demonios me pasa, pero desde que te he vuelto a ver no tengo vida. No puedo ni dormir me estás volviendo loco.

— Suéltame, no soporto que me toques. Tú crees
que lo que me hiciste se arregla con flores y
pidiendo perdón. No es tan fácil.

La soltó y la miro fijamente, tenía los ojos llenos de
lágrimas.

— Dame una oportunidad –le suplicaba Julio.

— Vamos a hablar en otro lugar, pero te advierto
no soy lo fácil que fui en el pasado.

— Vamos donde tú digas.

Ella conocía el poder que Anaisa ejercía en los hombres.
Julio no sabía que además de lo que sentía por ella,
estaba sazonado con los sortilegios y energía de ese
espíritu.

Se dirigieron a un café y se sentaron lo más lejos de la
vista de los parroquianos, en un rincón donde se podía
ver desde todos los ángulos quien entraba y quien salía.
Él escogió donde sentarse. La gente que se mueve en su
ambiente tiene que tener la puerta a la vista.

— Gracias por haber venido, Amparo. No sabes
cómo te lo agradezco.

— No me lo tienes que agradecer, quiero saber qué
me quieres decir para que me dejes vivir en paz
y salgas de mi vida para siempre.

— Yo sé que tienes todo el derecho del mundo de
odiarme. Sé que no tengo perdón, pero necesito
que sepas que estoy arrepentido y que quiero
reparar, si es posible, todo el daño que te causé.

— Tú crees que después que casi muero por tu
culpa, por lo que me hiciste nunca pude rehacer
mi vida y menos tener hijos. Cómo me vas a
reponer eso.

— Cuando te vi desangrándote el miedo se
apodero de mí. También, en ese momento,

descubrí que te amaba y que te podía perder. Yo fui quien te llevé al hospital y espere hasta que me dijeron que estabas fuera de peligro. Desaparecí ese mismo día y le pedí a uno de los muchachos que te dijera que me perdonaras, que yo iba a regresar para buscarte. Pero al mes todavía estaba resolviendo unos problemas de la gente con quien trabajaba y cuando vine a buscarte ya no estabas. Te envié cartas que fueron devueltas y cuando volví nadie sabía de ti. Fui a la casa de tu abuela, pero ella había muerto. Mi vida ha sido un infierno. No recuerdo cuántas mujeres han pasado por mi vida sin dejar una sola huella. Tu recuerdo me ha martirizado por más de veinte años. Ahora que te he encontrado, no te puedo perder, no soportaría estar sin ti.

— El mensaje que recibí no es lo que me dices ahora. Se me amenazó para que no revelara nada de lo que me había pasado ni quienes tuvieron que ver en eso. No quiero hablar de lo que fue mi vida después. Hubiera preferido que me dejaras morir.

— Dame la oportunidad de demostrarte mis sentimientos. Yo sé que tú me odias, pero no me importa. Aunque tenga que pagar el resto de mi vida, lo haré con gusto. Pero déjame estar cerca de ti.

— Te vas a arrepentir –le dijo Amparo.

— No me importa, pídeme lo que quieras. Te voy a complacer en todo. Si quieres lujos te los daré, viajes, joyas, vestidos, autos; lo que quieras, pide que estoy para complacerte.

— Si esa es tu decisión, allá tú. Pero te advierto que no te tengo miedo me puedes matar, sé quién eres y lo que haces, nunca me obligarás a lo que no quiera y espero que me entiendas.

— Si ese es mi castigo, lo acepto. Lo único que te pido es que delante de mis hombres no me faltes el respeto, perdería mi posición y sería desastroso para varias personas, incluyéndote a ti.

— No te preocupes, sé cómo debo actuar en esa circunstancia.

Trató de acercarse para besarla y Amparo lo rechazó. No sentía nada por él y jamás podría ser su mujer nuevamente. No sabía cómo, pero lo evitaría le costara lo que fuera aún su propia vida.

Salieron del lugar y llegaron a la casa directamente.

— Gracias, Amparo, por darme la oportunidad de estar a tu lado.

— Sé que al final te vas a arrepentir.

Llegaron a la casa. Él se bajó y le abrió la puerta, en sus ojos había una mirada de amor y de esperanza que nunca cambiaría. Sin embargo, la de Amparo, era fría y lejana.

Entró a la casa y se abrió la puerta de la salita; Ulises la estaba esperando. La miraba con tristeza y rostro desencajado.

— ¿Pasa algo malo, Ulises?

— Necesito que me diga cómo puedo hablar con mi madre. Desde que usted soñó con ella y me dijo todo lo que ella le dijo, no tengo vida.

— Coja las cosas con calma, yo lo voy a ayudar, pero eso es entre usted y yo, no quiero más complicaciones de las que tengo.

— Yo dejé de confiar en la gente hace mucho

tiempo y por primera vez voy a confiar en usted. Si me ayuda, no se va a arrepentir.

— Está bien, continúe su trabajo que tengo poco tiempo para recoger a Estelita en el colegio.

Subió las escaleras para entrar a la ducha y refrescarse. La conversación con Julio la había dejado agotada. Mientras se vestía, pensó cuanto había amado a ese hombre y, sin embargo, ahora sólo significaba un instrumento para facilitarle sus planes. Bajó de prisa y en el camino contestó el teléfono que empezó a sonar.

— Con Amparo, por favor –dijo Julio.

— Dime, Julio.

— Quisiera que fuéramos a cenar al restaurante The Ocean Café.

— Lo siento, tengo cosas que hacer, además, ese sitio es muy caro y no tengo ropa presentable para asistir.

— No te preocupes, déjalo de mi parte. Dentro de par de días te vuelvo a llamar.

Colgó y salió a buscar a Estelita. Estuvo un rato con ella en el parquecito como siempre. De buena gana se hubiera zafado de todo ese enredo, pero ya estaba dentro. Tenía que seguir hasta el final y todavía no podía encontrarse con la abuela de la niña.

Regina cogió el teléfono y marcó el número de Edward. Lo había pensado antes de hacerlo, pero él le llamaba mucho la atención y sentía que a él le pasaba lo mismo.

— Buenas tardes, con el agente Edward González.

— ¿De parte?

— Regina Blanco

— La paso a su extensión –contesto la recepcionista.

— Hola, buenas tardes, agente González.

— Hola, agente González, soy Regina Blanco. Tal vez no se acuerde de mí, hace dos días estuvo con mi madre y conmigo en White Plains.

Edward se quedó mudo, no sabía que contestar y Rick, que estaba en el escritorio del frente, al verlo como se puso de nervioso, empezó a reírse.

— Hola, si me recuerdo –dijo tímidamente. En qué le puedo servir.

— Era para darle las gracias y que me puede llamar en cualquier momento. No conozco a nadie aquí y me siento sola.

— No se preocupe, tan pronto tenga alguna información del caso, la llamo. Hasta luego.

Colgó el teléfono rápidamente. Sin dar tiempo a que le hablara más nada. Era la primera vez que una mujer lo ponía nervioso a tal extremo. Ricky se le acercó para preguntarle porque estaba tan pálido.

— Compañero, es la primera vez que una mujer te pone así. Invítala a un café para que rompas el hielo.

— A mis treinta años estoy como un adolescente. Es que me gusta demasiado, yo siempre he tenido el control de mi vida y ella me puede descontrolar, desde que la conocí no dejo de pensar en ella.

— Creo que Cupido te flechó. Eso es lo que se llama amor a primera vista. Me alegro por ti. Por lo menos, tú tienes una buena oportunidad, yo después de que mi esposa murió hace diez años, no he podido mirar a otra. Sin hijos y sin mujer, soy un lobo solitario.

— Voy a llamarla.

Buscó en su cartera el papel y marcó su número celular.

— Regina, es el agente Edward González. Quisiera invitarla a tomarse un café. Entiendo que si tiene mucho que hacer, lo dejamos para cuando se pueda.

— No tengo nada que hacer, nos podemos ver cuando tú quieras –le contestó Regina.

— ¿Está bien para usted en hora y media?

— Ok.

Regina brincaba de la alegría, hacía mucho tiempo que no le gustaba un hombre tanto como Edward. Sería el hombre que Angélica le había dicho a su madre que iba hacer su esposo. Se sonrió y pensó que no sería mala idea, él estaba como para comérselo.

La buscó puntualmente. Ella supo vestirse sencilla y, a la vez, provocativa. Una falda corta de mahón dejaba ver unas piernas hermosas y parte de los muslos. Una blusa pegada le resaltaba el busto y marcaba la cintura junto con las caderas, ese era el ajuar. Sus sandalias y cartera hacían juego con los colores de la blusa que era una combinación de marrón y verde. Tenía un maquillaje sencillo que la hacía verse juvenil. Cuando la recogió en el lobby del edificio y la vio caminar hacia él, las manos empezaron a sudarle y sintió cómo el corazón empezó a latirle aceleradamente. Salió para abrirle la puerta de la guagua.

— Buenas tardes, señorita Blanco.

— Hola, Eddy.

— ¿Dónde quiere que la lleve?

— No conozco mucho, así que te lo dejo a ti. Quiero pedirte un favor, no me trates de usted. Creo que podemos ser buenos amigos y con tanto protocolo, me siento incómoda.

— Está bien, Regina, como tú digas.

Fueron a un lugar pequeño, pero agradable; pasaron una tarde hablando de muchos temas y coincidieron en muchos de ellos. Fue una tarde especial para los dos.

— Eddy, he pasado una tarde maravillosa, espero se vuelva a repetir.

— Gracias, Regina, yo también quiero que se repita.

Edward salió para abrirle la puerta y le extendió la mano como todo un caballero. Ella le dio su mano, salió del carro y cuando se fue a despedir, le dio un beso en la mejilla. Él no pudo contenerse y la atrajo hacia él, besándola en los labios dulce y tiernamente.

— Señorita Regina, discúlpeme, no piense que soy un atrevido. No sé lo que me pasó, pero le juro que no volverá a suceder –dijo cuando la soltó.

— Eddy, te dije que no me trates de usted. Y ese beso es el más maravilloso que me han dado. No te atrevas a decir que no se va a repetir otra vez porque si tú no me besas, yo lo hago. Tú me encantas, así que, hasta luego.

Él se quedó mudo y como autómata subió la guagua. Nunca después de su primer beso a los catorce años, se sintió como ahora. Le gustaba esa mujer como ninguna le había gustado antes.

Se fue directo a su oficina. Ricky lo estaba esperando y no hizo más que verle la cara y sabía, por su experiencia, que algo más que tomar café había sucedido. Cuando Edward le contó, se sintió feliz por él. Edward era su compañero y sabía la calidad de ser humano que era.

— Voy a llamar a mi madrina para contarle lo que me está pasando. Regina me dijo que ella había dicho que en este viaje ella conocería a su futuro esposo, tal vez soy yo.

— Dale saludos de mi parte y pregúntale si yo también voy a conseguir algo para mí.

Edward comenzó a marcar el teléfono de Angélica.

— Hola, madrina, bendición.

— Que Dios te bendiga. Te siento un poco ansioso ¿te pasa algo?

— Es que conocí una muchacha que me gusta un montón, creo que si llegamos algo, hasta me caso con ella.

— ¿Qeee?

— Así mismo, madrina, hace sólo unos días que la conocí. Por favor, tíreme unas cartitas para ver si me conviene y me tiro de pecho con ella.

— Tiene que gustarte, porque es la primera vez que me pides que averigüe de tus mujeres. Siempre soy yo la que te advierto sin que tú me preguntes. Déjame buscar las cartas.

— Y también Ricky, mi compañero quiere saber si algún día encontrará alguien para su vida.

— Estoy barajando las cartas para ti y luego hago lo mismo con Ricky. Dicen las cartas que esa muchacha que te gusta es tu alma gemela, pero que no te dejes controlar por ella. Es dominante y si logra hacer lo que le da la gana contigo, se le quita el entusiasmo. Si logras que se enamore de ti, no vas a tener problemas después. Dile a Ricky que se acerca una mujer a su vida que lo va a hacer el hombre más feliz del mundo. Que le va a pasar como a ti, pero en vez de ser amor a la primera mirada va a ser amor a la primera pelea. Pero que tiene que tener mucho cuidado. Algo peligroso se acerca y todos estarán involucrados. Voy a estar pendiente de ustedes.

— Gracias, madrina.

— No hay porqué, mi ahijado.

— Parece que los dos vamos a estar enamorados a la misma vez –dijo Edward mientras colgaba el teléfono.

— No dudo de la claridad de tu madrina, nos ha ayudado mucho en momentos que no sabemos por dónde empezar. Pero no creo que yo me enamore y de la manera que ella lo dice menos.

— Ella es excelente en su trabajo. Vamos a darle tiempo.

CAPITULO VIII

Julio la volvía a llamar era la tercera o cuarta vez que lo hacía.

— Julio me estás llamando mucho a la casa y éste es mi lugar de trabajo.

— A Pablo no le importa.

— A él no, pero a mi sí, ésta no es mi casa.

— Busca un lugar que te guste y te lo compro. Ve buscando desde mañana que yo me encargo de lo demás.

— Sabes que no pienso dejar de trabajar, nunca he sido una mantenida.

— Por favor, Amparo, yo sé quién eres.

— Está bien, pero no me presiones o me desaparezco de tu vida para siempre.

— No te preocupes, que no te voy a molestar. Quería decirte que te mandé a abrir unas cuentas en varias boutiques y joyerías, además, que puedes escoger el auto que desees y me lo dejas saber. Pensé que lo que estoy haciendo me iba a tomar poco tiempo, pero me voy a quedar más. Sé que no te importa, pero quiero que lo sepas, dejé a cargo a Pablo para que te dé lo que necesites, hasta pronto.

Amparo no le contestó nada y colgó. Ya sabía dónde iba

ıvir.

Era viernes temprano en la mañana, sabía que Pablo se iría para regresar el domingo por la noche. Aprovecho hablar con él antes de que se fuera, quería saber si estaba enterado de los planes de Julio con ella.

— Pablo, disculpe, puedo hablar un momento con usted.

— Sí, Amparo, pase.

— Julio habló anoche conmigo y me indicó que usted respondería a lo que yo escogiera para vivir. Yo voy a seguir trabajando aquí, si no es molestia y los fines de semana, me voy al lugar que decida, ¿no le molesta que me lleve a la niña? No voy a dejarla sola.

— No tengo ninguna objeción, además, usted sabe que la niña la adora y no confío en otra persona que no sea usted para que la cuide. Deje a Ulises encargado de lo que necesite. Él es mi hombre de confianza. Él la llevará donde usted quiera en lo que escoge el auto que quiera.

— Muchas gracias –dijo Amparo.

Caminó hasta la cocina a desayunar con Estelita que ya bajaba las escaleras. Salieron al auto y Ulises le hizo señas de que tenía que hablarle. Ella asintió con la cabeza. Lo haría cuando regresara de llevar a la niña. Antes de llegar a la casa, se detuvo para llamar por teléfono a investigar si podía conseguir un apartamento donde ella quería. Le dieron la información que deseaba, era muy caro, pero lo necesitaba. Ahora vería si lo que Julio prometía lo cumplía. El lugar estaba amueblado, lo único era llevar la ropa y listo. No diría nada hasta estar segura de que iba a ser para ella. Recordó que Ulises necesitaba hablar con ella. Cuando llegó, ya él la esperaba en la cocina.

— Ulises ya estoy aquí, dígame.

— Quiero que sepa que desde que hice lo que me dijo me siento mejor. Pude soñar con mi madre, en mis oraciones le pedí perdón y voy a hacer lo que sea para dejar todo esto. Usted sabe que no lo puedo hacer a lo loco. Es peligroso, pero de alguna manera lo voy a lograr. La única que sabe mis planes es usted. Le agradezco todo lo que está haciendo por mí.

— No se preocupe, lo importante es que encuentre el camino que lo pueda liberar de todo su pasado. Pablo debe haber hablado con usted sobre un asunto que tiene que ver con Julio y conmigo. Deseo que me acompañe para hacer unas diligencias. Tengo que ver un apartamento en una hora.

— Lo que usted diga.

En quince minutos, salieron juntos al lugar que ella había escogido. El dueño la estaba esperando. Era un apartamento lujoso y la decoración era exquisita.

Tenía tres habitaciones, tres baños, sala, comedor y una cocina enorme. Estaba pintado con los colores de moda y Amparo lo iba a estrenar. El dueño habló de que lo alquilaba con opción a compra. La renta era bastante alta, así que tenía que notificárselo a Julio tan pronto le llamara.

Julio llamó y estuvo de acuerdo.

Entre la información que le pedía el dueño del apartamento era un estado financiero o que tuviera una cuenta de banco que reflejara un balance que asegurara la capacidad económica de ella. Así se lo hizo saber a Julio y él le dijo que eso no era problema, que fuera con Ulises al banco dentro de dos horas, que tendría los papeles en la mano junto con cuatro pagos adelantados para que no tuviera ninguna dificultad. Él se oía muy contento, pero para ella sólo era el medio de poder encontrarse con la abuela de Estelita. Se mudaría al White Plains, lugar donde estaba viviendo la tía y la abuela de la niña.

Llegaron a la casa, Ulises comenzó a adelantar los preparativos de la cena, ya que Pablo se iría como siempre hasta el domingo. Él tenía que ayudar a Amparo y no quería ningún atraso en su trabajo.

Amparo subió a su habitación y se sentó en su cama a pensar en todo lo que estaba sucediendo. De pronto, sintió el olor a la colonia que usaba su abuela.

— *No te atribules tanto, Amparito. Te hemos estado observando sin intervenir contigo en estos días porque has hecho las cosas correctamente. Todo se va a resolver y no te pasará nada.*

— Abuela, esto no es fácil –dijo Amparo, mientras dos lagrimas le bajaban por sus mejillas. Piensa que hay muchos sentimientos envueltos, además, de personas. No quiero que les pase nada a inocentes. Esto es una gran responsabilidad. Es la niña, la familia soy yo, que no sé porque me metieron en esto. Sé que tengo que continuar hasta el final, pero no creo que tenga las fuerzas necesarias.

— *Sí, la vas a tener, nosotros te las vamos a dar. Si te has dado cuenta, todo ha caído por orden divino y así habrá de terminar. Prepara tus cosas y vete llevando mis santitos, que ahora son tuyos, junto con alguna ropa. La comunicación con la tía y abuela de la niña debe ser discreta. La niña no debe verlas, hasta el último minuto. Voy a ir al lugar donde vas a vivir para ir derramando mis fluidos y te puedas sentir cómoda y segura. Me retiro que Melissa quiere hablar contigo.*

— Gracias, abuela, sus palabras me han confortado.

Melissa se presentó. Ya no era aquella aparición que daba miedo. Se veía como el único retrato que Estelita tenía en su cuarto. Joven y guapa, llena de vida.

— *Amparo, quiero darte las gracias por todo lo que has hecho por mí. Tus oraciones, el vaso de agua y la vela me dieron alivio y fortaleza. Faltan sólo tres semanas para que empiece a desatarse la madeja. Yo tampoco permitiría que le sucediera algo a ti o a mi hija. Aun cuando estaba confundida, no lo hice ahora que estoy clara menos. Quiero que sepas que te deseo toda la felicidad del mundo, porque te lo mereces.*

— Mi felicidad es que Estelita esté bien. La quiero como algo mío y jamás permitiría que le sucediera nada malo.

— *Amparo, tú eres joven todavía, tienes derecho a rehacer tu vida y que un hombre bueno llegue a tu vida y te haga feliz.*

— Ese capítulo de mi vida quedó cerrado para siempre. No siento nada por nadie y es lo mejor para mí. Sufrí mucho y no quiero que me pase otra vez. Si me volviera a enamorar, sería un milagro de Dios.

Melissa se retiró y el Barón del Cementerio apareció con su brisa fría. Amparo se quedó tranquila, ya estaba resignada a que nadie la iba a librar de esas apariciones.

> — *Hola, hija. Sé que ya te acostumbraste a mi presencia, sólo vine a saludarte y a decirte que no nos has defraudado y que vas a tener tu recompensa. Todo lo has hecho por los principios que tu abuela te inculcó y por el amor a sus enseñanzas a ella y a la niña, Dios y todos nosotros te vamos proteger.*

Igual que apareció, se esfumó.

Ulises la llamó para irse al banco con ella. Ya todo estaba listo, del banco habían llamado.

El presidente del banco en persona les recibió y le entregó toda la papelería. Allí era que se depositaba el dinero de la organización. No hubo ningún problema en hacer aparecer una cuenta con un balance enorme y un negocio exitoso y legal fuera del país.

Salieron directo a llevárselos al dueño, junto con los cuatro meses adelantados, quien quedó satisfecho y le entregó la llave para que se mudara cuando lo deseara.

> — Usted no se ve feliz, Amparo –dijo Ulises.

> — No lo soy, Ulises. Si no aceptaba a Julio, podría terminar encima del ataúd en una de las tumbas que Pablo y sus amigos utilizan para esconder sus crímenes.

Ulises frenó el carro. Palideció y le preguntó.

— ¿Cómo usted sabe eso?

> — Ulises, como supe tu pasado, y como sé todo lo que pasa a mi alrededor. Desde muy pequeña, mi abuela que conocía del mundo espiritual, me enseñó todo sobre eso. Yo me puedo comunicar con los espíritus. Ellos son parte de mi vida.

Sólo quiero que sepa que yo confío en usted, como usted en mí. Solo puedo decirle que quien hace daño recibe su merecido cuando menos se lo imagina. De todos los que están envueltos, siento que usted se puede salvar a pesar de lo que ha hecho porque después de lo de su padre lo que hizo fue por defenderse. Jamás mato a nadie por vicio. Aunque no esté de acuerdo con su vida anterior, si usted no lo hacia lo hubieran matado. Si hoy estamos hablando de esto, es porque en un momento dado, usted será una pieza importante en todo esto. Usted es muy discreto y en este asunto, sé que voy a necesitar su ayuda. Le voy a contar que pasa con Pablo y quien es Julio en mi vida. Continúe guiando y le seguiré contando.

Amparo le contó de la forma que Pablo planificó la muerte de Melissa, lo que le recordó a Ulises la muerte de su padre, y la forma en que Julio había llegado a su vida hasta que la desgració. Ulises le prometió que iba a guardar el secreto y que contara con él para lo que fuera.

Llegaron a la casa y fueron a la cocina donde comieron algo ligero. Ulises estaba pensativo cuando entró Pablo a la cocina.

— Me llamó el presidente del banco para decir que todo se había realizado como Julio lo había ordenado.

— Así ha sido –contestó Amparo fríamente saliendo de la cocina.

— Amparo es tan extraña –comentó Pablo.

— Jefe, ella es muy reservada. Cada persona tiene su secreto.

— Estoy pensando que como yo no estoy aquí los

fines de semana, te vayas con ella y con Estelita a donde van a estar, no quiero que la pierdas de vista. Ella no me ha dado motivos para desconfiar, pero hay que precaver antes que remediar. Me contarás todos sus movimientos. Antes vivía bajo mi techo, ahora no y no quiero ninguna sorpresa a última hora, no quiero que las cosas cambien aunque Julio esté por el medio. Con ella se ha puesto muy blandito.

— Lo que usted diga –dijo Ulises. Hoy mismo empieza a llevar parte de su ropa y un poco de la niña.

— Ok. Recuerda guardarme los papeles que te dio el sujeto del banco, los que son de la familia.

Pablo salió a su despacho y Ulises lo siguió con unos papeles que el hombre del banco le entregó, en lo que Amparo iba donde un oficial para firmar unos documentos. Se los entregó y salió silenciosamente a continuar su labor en la cocina. El cocinero ya no era el mismo. Un coraje enorme le llenaba el corazón nada mas de pensar que Pablo era igual que su difunto tío. Pero si él supo disimular y vivir bajo el mismo techo con el que asesinó a su padre, podía hacerlo con quien había dejado huérfana a su propia hija viciosamente.

Amparo salió a buscar a la niña al colegio y aprovechó para hablar con Antonia y comunicarle que en el fin de semana se encontrarían, ya que ella había alquilado un apartamento en el mismo edificio. Antonia se alegró mucho de esa noticia. Pero Amparo le advirtió que Estelita no debía saber nada todavía porque las podía descubrir y eso era fatal.

Terminó la conversación para pasarle el teléfono a la niña

que se acercaba. Luego se montaron en el auto y Amparo procedió a explicarle a Estelita lo del apartamento.

— Quiero que sepas, Estelita, que los fines de semana tú y yo vamos a quedarnos en otro lugar y no en la casa.

— Qué bueno. Yo quiero que sea para siempre no quisiera vivir con el malo. Yo hubiera preferido vivir con mi mami y no con él.

— Te entiendo, pero tú y yo vamos a vivir juntas algunos días. Iremos a la playa, al cine y a muchos lugares que no has ido porque tu papá pensaba que era peligroso, solamente te dejaba jugar en el parque un rato, pero bastante trabajo que me costó convencerlo.

— Por eso es que te quiero tanto.

Ese día no irían al parque. Tenían cosas que empacar para poder quedarse en el nuevo apartamento. Ulises le había conseguido varias cajas y periódicos para envolver algunas figuras como ella le dijo. Después que acomodó los santos envueltos con el papel de periódico en las cajas, lo demás fue más fácil. Le preparó un bulto a la niña con ropa para el fin de semana y de un solo viaje se llevaron todo.

Llegaron al apartamento y Estelita estaba rebosante de alegría. Se sentía libre, sin saber lo que significaba la libertad. Para ella, estar lejos de su padre era la felicidad. La sensación de no tenerlo cerca le daba una alegría enorme.

Antonia le había contado a su hija que Estelita iba a estar cerca de ellas, ya que Amparo viviría los fines de semana en el condominio.

— Madre, entiendo que aunque la niña este aquí

cerca, debemos de ser cautelosas. Hasta que no averigüemos bien la situación, no podemos arriesgarnos a acercarnos a ella. Creo que debemos informarle a Edward de eso, a ver que nos sugiere.

— Si creo que él debe saberlo.

Regina llamó a Edward a su teléfono directo.

— Buenas tardes, Eddy.

— Buenas tardes, Regina.

— Perdona que te interrumpa, pero necesito verte para darte una información.

— Sobre lo que te estoy tratando de resolver.

— Exactamente.

Habían decidido no hablar abiertamente por teléfono para asegurarse que no tuvieran ninguna complicación. Se citaron en el café donde él la llevó por primera vez.

— Estás hermosa. Todo lo que te pones te queda bien.

Le rozó los labios con un beso ligero. No le gustaba exponerse, más que nada su intimidad. Aunque a Regina no le importaba, ya en las dos o tres conversaciones que habían tenido, se había dado cuenta que él no se iba a dejar manipular de ella. Eso le encantaba, estaba con un hombre en todo el sentido de la palabra.

— Lo hago para ti. Aunque casi no te conozco, me he dado cuenta que tienes todo lo que me puede hacer feliz, además que no me dejarías hacer lo que me dé la gana. Creo que me estoy enamorando de ti.

— Me alegro que lo comprendas, yo jamás seré tu muñequito. Aunque también me siento feliz, las decisiones serán de los dos no tuyas. Bueno, tengo que seguir trabajando, dame la información que dijiste.

— Amparo, la nana de la niña, va a estar los fines de semana en el condominio donde vivimos. Entiendo que debe tener mucha información de lo que pasa en la casa y de algunos asuntos adicionales.

— Por lo que me has contado sobre ella cuando te conocí, ella es de fiar. Lo que no entiendo es cómo puede pagar esa renta. Voy a averiguar a fondo quién es. No se te ocurra decirle nada hasta que yo te lo diga, puedes enredar las cosas y poner el plan al descubierto.

Se lo dijo con autoridad y verdaderamente lo respetaba. Eso la desarmaba, no veía la hora de estar sola con él en un lugar para entregarle toda la pasión y el fuego que él despertaba en ella.

Edward le dijo que iba a estar hasta tarde en la oficina y que luego se iría a su apartamento.

— Si quieres, te llevo comida a la hora que sales, no te vas a poner a cocinar para ti solo.

— Cuando esté terminando, te aviso.

No le quiso decir todo lo que despertaba en él tenerla tan cerca. Saber que estaría sola en su apartamento le preocupaba, ella era una mujer que destilaba pasión y él era un hombre, no era de palo. Pero no le podía demostrar que lo perturbaba.

Llegó a la oficina pensativo, con el poco tiempo que conocía a Regina sentía algo muy fuerte dentro y la deseaba como a ninguna de las mujeres que tuvo por necesidad, no por sentimientos. Sabía hacer disfrutar a cualquier mujer, pero con esa tenía sentimientos envueltos. Ricky lo vio llegar pensativo y en un abrir y cerrar de ojos se dio cuenta que Edward estaba atribulado.

— Creo que mi compañero sufre de la enfermedad común del corazón, amor.

— Ricky estoy enamorado de Regina. Ella es preciosa, inteligente y todo lo demás. Quiere llevarme comida al apartamento. Por poco le digo que no. Sé que no me voy a poder controlar y no quiero perderla.

— Ven acá, tú crees que ella no está buscando la situación. Amigo ella quiere estar contigo hasta lo último y tú sabes que es lo último.

— Lo sé, pero y si no le gusto.

— Si no te arriesgas, nunca lo vas a saber.

— Con otra no me hubiera preocupado, pero estoy enamorado y eso cambia el panorama.

— Todo va a salir bien. No me preocupo por el apartamento, pues eres bien meticuloso y todo lo tienes en orden. Si fuera yo, me tendría que coger la tarde para irlo a limpiar y a recoger. Pero yo no estoy ni estaré en tu situación.

Terminó la conversación y se dirigió a uno de los que estaban haciendo la investigación de Pablo que le debía unos favores. Le pidió el expediente de la ama de llaves. No se sabía mucho de su vida personal, que era huérfana, que se había criado con su abuela que era costurera, que se envolvió con un delincuente a los dieciocho años y que desapareció con él. Luego, dos años después regresó, vendió la casa de la abuela, sacó un dinero que la abuela le había dejado y desde que llegó a los Estados Unidos fue una excelente estudiante, se graduó de maestra y ama de llaves lo que llevaba con Pablo era casi un año. Nunca se le conoció pareja después del delincuente menor que la sacó del lado de su abuela. Ahora tenía cuarenta y cuatro años. Se ha dedicado a la niña y nunca sale.

— Ricky necesito que investigues a esta mujer y si es posible que la interrogues. Tienes que hacerlo con mucho cuidado para no perjudicar la investigación de los muchachos. No tenemos foto reciente de ella y la que existe es de una orquesta de hace tiempo atrás y sólo se ve una sombra.

— Bien, llama a Regina y dile que ya vas para el apartamento.

— Está bien.

La llamó y ella le dijo que fuera directo para el apartamento que ya la comida estaba lista para el horno y que se detendría a comprar una botella de vino.

Cuando llegó al apartamento, sacó una ropa cómoda un pantalón a la rodilla que dejaba ver unas piernas musculosas y velludas. Un camiseta marca Polo color verde que hacia resaltar el verde de sus ojos. Regina tenía razón, Edward era de un cuerpo atlético que se escondía en el traje de funeral que siempre usaba, según ella. Lo llamó desde el auto. Le preguntó dónde se podía estacionar y él le pidió que se estacionara al lado de su guagua. Que el bajaba para ayudarla. El ascensor quedaba frente al lugar donde él le señaló que se estacionara. Cuando se abrió el ascensor y aquel hombre salió de él, la que sudó y se la aceleró el corazón fue a ella, no se equivocaba si estaba como para comérselo. Edward le ayudó a subir todo y ella se quedó un poco rezagada, quería vivírselo completo. Llagaron al apartamento y se asombró de lo ordenada que estaba la sala. Dejaron todo en la cocina y la lasaña en el horno a fuego lento, no tenía prisa en comer. Edward puso una música suave y se le acercó. La tomó en sus brazos y comenzó a bailar con ella. Parecía que lo habían hecho desde siempre, sus cuerpos pegados y sus bocas se juntaron en un beso y otro, hasta que sintieron que la pasión los dominaba.

Se separaron y fueron a buscar dos copas para beber un poco de aquel vino tinto que estaba a una temperatura más baja que la de ellos.

— Regina, no quiero que pienses que esto es un juego. Yo he tenido relaciones que han durado poco, contigo es otra cosa.

— Eddy, yo me siento igual. Quiero vivir este instante a plenitud, deseo dejarme llevar y te necesito.

Volvieron a besarse con todo el deseo que brotaba de su cuerpo. El sin parar de besarla, la levantó en vilo y la llevó a su cuarto. La depositó en la cama y mientras la acariciaba tiernamente le fue quitando la ropa. Ella también le quitó la camiseta y se fundieron uno con el otro en acto de amor y deseo varias veces. Se quedaron abrazados en la cama y luego se bañaron juntos.

— Vamos a comer, tengo mucha hambre –dijo Edward

— Yo estoy igual.

Mientras ella servía la mesa, el no perdía un solo detalle y ni un solo movimiento de su cuerpo. Se sentaron a cenar y sus miradas se entrelazaban, ya su destino estaba cifrado, no podían vivir el uno sin el otro.

— Estas bien, amor –le dijo Regina.

— Si me siento muy feliz, pero quiero que sepas que tengo un sentimiento real contigo. Necesito saber cuál es el tuyo.

— Eddy, estoy completamente enamorada de ti. Tú tienes todo lo que siempre desee en mi pareja. Estoy convencida de que quiero estar contigo el resto de mi vida.

— Quiero que pienses bien en lo que significa todo esto, además, de mi tipo de trabajo. Aunque tengo planes de estudiar más adelante, por ahora mi trabajo me gusta.

— Yo te conocí así y me enamoré de ti. No te puedo cambiar.

Terminaron la cena, lavaron los platos y limpiaron todo. Se dieron un beso largo y el la llevó hasta su auto donde se volvieron a besar. Prendió el carro y llegó a su apartamento, lo llamó para decirle que había llegado y se metió en su cuarto. Antonia hacía rato que se había acostado.

CAPITULO IX

La primera noche que pasaron en el nuevo apartamento fue un poco extraña.

Amparo sabía que eso siempre pasaba cuando después de estar acostumbrada la persona a un lugar se mudaba para otro. El olor al desayuno las levantó. Estelita durmió con ella, como siempre lo hacia los fines de semana. Vieron televisión un rato y luego salieron de compras y al salón de belleza. Se dio un recorte y un cambio de color que le favorecía mucho. Amparo se hizo de un gran número de vestidos elegantes y ropa casual que le resaltaba más su belleza. Para todo había zapatos y carteras, lo que la hacía ver como toda una dama de alta sociedad. Estelita también aprovechó y aumentó su armario. Por la tarde, fueron a ver varios autos. El más que le gusto fue un BMW blanco, por su puesto el caro. Llegó cansada y se acostó. La niña también lo hizo. Ella se levantó y salió sigilosamente hacia el ascensor y bajo al tercer piso, donde vivía la abuela de Estelita. Tocó la puerta y Regina le abrió.

— Gracias a Dios que pude dejar a la niña dormida, pero no tengo mucho tiempo. Quedan sólo tres semanas para el aniversario de la difunta. Voy a tener al cocinero los fines de semana conmigo, yo confío en él hasta cierto punto. Necesito que se mantengan en contacto conmigo, pero si en algún momento me ven salir acompañada de un hombre, no pueden demostrar que me conocen.

— Posiblemente tengas que entrevistarte con un agente que nos está ayudando.

— Está bien, pero me tengo que ir ahora; luego nos ponemos de acuerdo.

Salió hacia el ascensor y cuando se abrió la puerta, Ulises estaba adentro. Ella se asustó y subió con él sin mediar palabra. Cuando abrió la puerta siguió a la cocina y se sentó frente a él.

— Sé que le debo una explicación –le dijo Amparo.

— La estoy esperando.

— Yo escogí este lugar porque la abuela y la tía de Estelita viven aquí. Ellas han sufrido mucho. Pablo no deja que se acerquen a la niña. No creo que sea justo, tras que la dejó huérfana tampoco puedan disfrutar lo único que les queda de la difunta.

— Lo entiendo, pero debe confiar en mí. Julio llamó para decirle que esta noche la viene a buscar para llevarla a cenar.

— ¿Que le dijo para justificar que no me pasó el teléfono?

— Le dije que tuvo un día pesado comprando ropa y que se había acostado con la niña.

— Gracias, Ulises. Te llegó a decir a la hora que viene a buscarme.

— Sí, a las nueve de la noche.

— Está bien, tengo tiempo para prepararme, además de hablar con mis guías.

— Recuerde hablarle de mí.

— Ellos saben de ti. Si quieres cambiar tu vida, de corazón, ni Dios ni ellos te van a desamparar.

— Usted sabe que es lo más que deseo en el mundo. Quiero que mi mamá esté en paz.

— Lo sé. Ulises, creo que tiene que quedarse con la niña.

— No hay ningún problema.

— La voy a dejar lista para ir a la cama antes de irme. Ella sólo duerme una hora de día, ya debe estar próxima a levantarse. Yo bajaré a eso de las diez para ir con Julio.

— Yo la entiendo. Salir con él debe hacerla sentir como cuando mi tío vivía en mi casa. Muchas veces quise matarlo en la sala de la casa y me tuve que controlar.

— Yo no siento el deseo de matarlo. Pero sí de que la justicia le cobre lo que me hizo.

Estelita se levantó y fue al lado de Amparo para contarle que su mamita le dijo que orara mucho y que la adoraba. Que se veía muy hermosa y que siempre la iba a estar cuidando.

Amparo le dijo que tenía que salir con un amigo de su papá, que Ulises la iba a cuidar.

— ¿Ese es tu novio?

— No, mi amor. Solo es mi amigo.

— Es que papá traía amigas a la casa y ellas decían que eran las novias.

— Yo soy muy diferente a las amigas que tu papá llevaba a la casa.

— Sabes, nunca supe porque dejaron de ir a la casa. Un día le pregunté y me dijo que tú se las espantabas porque no eran un buen ejemplo para mí.

— Tu papá tenía razón. No me gustaba que sus amigas se acercaran a ti y más de una vez le dije cosas que los santitos y guías me decían para que se fueran. Bueno, Estelita, todavía no oscurece, ¿quieres ir a ver las áreas de juego que hay aquí?

— Sí, nana, vamos.

— Déjame llamar por teléfono a alguien.

Llamó a la abuela de Estelita para que la observara desde la ventana de su cuarto. Antonia la miraba y sonreía, a la misma vez que lloraba; Estelita era igualita que su hija cuando tenía esa edad.

— Madre, estás mirando a Estelita por la ventana y recuerdas a Melissa. Creo que te está haciendo daño.

— Sí, el verla y no poderla abrazar me atormenta.

— He estado pensándolo bien y hace unos días hablé con Sandra sobre ese asunto, las dos estamos de acuerdo con que debes regresar a casa. Ella está muy ajorada con los negocios, hay que tomar unas decisiones que ella no puede y debes ir a ayudarla. Te pasas encerrada para que no te vean y ahora tendrás la niña cerca y te torturarás más. Sandra le explicó la situación a Angélica y estuvo de acuerdo con nosotras. Ya todo está caminando y si quieres, ven el mes que viene y nos ayudarás más.

— Sé que tienen razón, esto me está enfermando, no estoy haciendo nada aquí, sólo sufrir y pensar. Voy a hacer los arreglos para irme el domingo por la noche. Así, veo a mi nieta por la ventana hasta que regrese a su casa.

— Es lo mejor para todos. Eddy y Ricky están haciendo unas averiguaciones, yo te mantendré informada.

— Hablando de otro tema, sé que estás enamorada de Eddy, como tú le dices. Es un buen muchacho. Según Sandra, habló con Angélica; yo lo hice también con respecto a ti y a él. Ella se puso muy contenta. Edward preguntó por ti hace unos días sin decir tu nombre y ella le dijo que si se enamoraban de verdad, iban a ser muy felices. Así que ya encontraste tu alma gemela. Te deseo lo mejor del mundo.

Ambas se abrazaron, al menos sus dos hijas tendrían un hombre bueno en su vida, no como la pobre Melissa. Regina y su madre se quedaron un rato observando a Estelita jugar y cuando Amparo se la llevó se fueron a la sala hacer los arreglos del viaje.

La niña entró con Amparo al apartamento, ya Ulises había preparado algo ligero para comer. Ella no comió, no tenía deseos, Los pensamientos se le agolpaban en la cabeza, no tenía deseos de compartir con el hombre que la había hecho sufrir tanto.

— No se ve muy contenta –dijo Ulises.
— No lo estoy, tener que compartir con ese hombre me martiriza.
— La entiendo, sé por lo que está pasando. Fueron muchas las veces que desee matar a mi tío y me tuve que controlar.
— Yo no deseo matarlo, sólo quiero que la justica le cobre lo que me hizo.
— Espero que ese deseo se la haga realidad.
— Voy al cuarto para rezar un poco, a ver si me calmo. Entretén a Estelita un rato ya va a ser hora de que se acueste. Entró al cuarto donde estaba el altar y comenzó sus peticiones. Un olor a 4711 le indicaba la cercanía de su abuela.

— *Amparito, vas a estar bien. Nosotros te vamos a cuidar. Después que todo esto pase, vas a rehacer tu vida y podrás ser feliz. Tal vez encuentres el amor verdadero y vivas ese amor con toda plenitud.*

— Sabes que no me interesa nada que tenga que ver con el amor. Estoy seca por dentro y no quiero complicarme la vida para volver a sufrir.

— *Sólo quise decírtelo porque siempre hay oportunidades que llegan y que no te debes cerrar a ellas. Tengo que decirte, un agente de la ley te va a estar vigilando.*

— No le veo la razón. Yo no oculto nada y no hago nada fuera de la ley.

La abuela se sonrió y se retiró. Amparo se fue a bañar y a prepararse. Cuando terminó, se miró en el espejo y se sintió satisfecha de lo que veía. Se puso un traje de noche negro que resaltaba su figura. Su maquillaje le sentaba y la hacía verse sumamente sofisticada. Parecía otra persona. Ulises quedó impresionado con ella, pero no dijo una sola palabra. Verdaderamente su belleza resaltaba. El cambio era maravilloso, pero la tristeza de sus ojos seguía igual. Ya eran la 9:30 y él le comentó que el portero había llamado que una limosina blanca la esperaba al frente del lobby.

Efectivamente una limosina la esperaba, el chofer le abrió la puerta y dentro había unas rosas color melocotón que combinaba muy bien con su traje negro. Antes de montarse, divisó una guagua negra y se dio cuenta luego de que la seguía, ese debía ser el agente.

Llegaron frente a un restaurante lujoso que tenía un letrero que lo identificaba como The Ocean Café. El chofer llamó por teléfono y dos hombres elegantemente vestidos la recibieron. Entró al lugar y sintió como la admiraban, sentía a Anaisa al lado. Su guía sabía como resaltar la belleza de la mujer y esta vez le tocó a ella. Entraron a un salón donde un grupo de músicos tocaban una melodía romántica. Solamente Julio se encontraba en el salón que estaba decorado con unas rosas iguales a las que había en la limosina. Se levantó para sacar la silla donde ella se iba a sentar y donde la podía ver de frente. Julio estaba embelesado. No podía creer lo que miraban sus ojos. Amparo estaba más bella que nunca.

— Que bella estás.

— Gracias, Julio. Sólo es el traje y el estilo del pelo.

— Tu belleza resalta más que nunca. Es la belleza de quien lleva el traje.

— Este lugar es precioso –dijo cambiando la conversación. Estamos sólo nosotros.

— Sí, no quiero a nadie que nos interrumpa, esta es nuestra noche.

— Julio, ésta es una cena simplemente. Quiero que lo entiendas.

— Lo sé. Háblame de tu nuevo apartamento, de lo que compraste, de tu nuevo auto.

— Es muy bonito y cómodo. Compré para mí y para Estelita; espero que no te moleste y el auto está en el estacionamiento. Todavía no lo he usado. Mañana, cuando nos vayamos de nuevo a la casa, lo voy a estrenar.

— Se nota que quieres mucho a la hija de Pablo.

— Es el único ser en la vida que me hace reír, la quiero como la hija que nunca pude tener.

— Por favor, no hablemos de cosas tristes. Vamos a bailar, están tocando Inolvidable, es mi canción favorita.

No dijo nada. Esa canción le recordaba todo lo que había sufrido. Pero tenía que seguir fingiendo para no complicar las cosas. Ella sentía el temblor de Julio cuando la rodeó con sus brazos. Su corazón latía apresuradamente, Amparo no sentía nada. Bailaron una vez más y se quiso sentar, no soportaba la aproximación de él. Julio la contemplaba como si no pudiera creer lo que estaba viendo, como si fuera un sueño del que no quería despertar. Comieron y brindaron, hablaron temas superficiales. Cada vez que él trataba de poner el tema de ellos, ella se lo cambiaba. Él lo entendía y prefería tenerla tranquila, no quería que se molestara. No quería perderla otra vez. A la una de la mañana, le indicó que quería irse sola. Él lo entendió y los guardaespaldas la acompañaron a la limosina. La guagua negra permanecía un poco retirada, pero volvió a seguirla hasta que llegó al edificio de apartamentos.

Por la tarde, bajó al apartamento de la abuela de la niña y vio las maletas en la sala. Le explicaron la situación y entendió que era lo correcto por el bien de Antonia. Se despidió y subió al apartamento para recoger a Estelita e irse para la casa de Pablo.

Cuando Pablo llegó a la casa, su hija y Amparo estaban dormidas. Sólo Ulises estaba despierto, fumándose su cigarrillo en la terraza.

— Me imagino que pasaste un fin de semana tranquilo –dijo Pablo.

— Así fue, todo estuvo en orden. Fuimos de compras, al salón de belleza y Amparo salió con el Jefe.

— Sí, él me lo dijo y estaba muy feliz; parece que Amparo se está portando bien. Quiero que me mantengas informado de todos sus movimientos. Nunca me ha dado motivos para desconfiar, pero contigo vigilándola estoy más seguro.

— Gracias por su confianza, nunca le he fallado, usted es como un hermano para mí.

— Tengo que salir de viaje esta semana y así estoy más tranquilo. Julio va a estar dos días y nos vamos juntos para hacer unas negociaciones importantes. Él estará entretenido con Amparo y yo tengo cosas que hacer antes de irme. No tendré que estar atendiéndole. Hasta mañana.

— Hasta mañana, jefe.

Por la mañana, Amparo y Estelita volvieron a su rutina. Excepto por la noche que Amparo tuvo la visita de Julio.

— Mi amor, te traje un regalo.

— Mi nombre es Amparo y quiero que me llames así.

— Disculpa, quiero que veas lo que te traje.

Sacó un estuche de su bolsillo y cuando lo abrió el brillo de una sortija se le reflejo en la cara. Era un solitario con el cual cualquier mujer se hubiera sentido dichosa.

— Eso es muy caro. No la quiero.

— Por favor, acéptala.

— Quiero que tengas claro que eso no cambia en nada lo que pienso de ti. Todo lo que me has dado yo no te lo he pedido.

— Lo sé y lo acepto. Úsala si quieres o bótala. Me voy mañana con Pablo y estaré una semana fuera. Cuando regrese hablamos. Póntela, quiero verla en tu mano antes de irme. Compláceme, por favor.

— Está bien, pero cuando regreses, te la devuelvo.

Se la colocó en su dedo y le besó la mano, la cual ella soltó inmediatamente. Julio se despidió y se dirigió al despacho de Pablo. Ella se quitó la sortija, subió las escaleras y se metió en su cuarto. No creía que soportaría la situación por mucho tiempo. Sintió un presentimiento y se asomó a la ventana, vio a Julio saliendo con sus hombres en su auto y la bendita guagua que a una buena distancia los seguía. Quien fuera, la tenía incómoda, ella no era ninguna delincuente. Que siguiera a todos, menos a ella.

Desayunó con la niña y Ulises le contó la conversación que Pablo tuvo con él. Se sentía abacorada y le dijo que no venía rápido, que daría una vuelta para despejarse. Sin saber por qué, no le comentó nada de que la seguían.

Ricky llamó temprano a Edward para reunirse fuera de la oficina. Se fueron a tomar un café cerca de la oficina.

— El ama de llaves es una cajita de sorpresas –le dijo Ricky.

— No me digas.

— Es la amante de uno de los jefes más poderosos y peligrosos de la familia que los muchachos están investigando.

— Cuéntamelo todo.

— Le alquiló un apartamento donde vive tu novia.

— O sea, que él es quien lo paga.

— Eso es correcto. La estuve siguiendo. Fue al salón de belleza, de compras y se compró un vehículo de lujo. La llevaron en limosina a una fiesta privada para ella y su amante. Lo último que le regaló fue una sortija, que me imagino que costaría un dineral. La mujer es una zorra.

— Debe ser linda. Porque ella no es una vieja,

pero tampoco es joven.

— Sí es preciosa, pero es una zorra.

— Veo que la vigilaste muy bien.

— Tú la vas a interrogar. No me gusta interrogar esa clase de mujeres.

— Lo siento, pero yo tengo que cubrir otro caso. Así es que tienes que buscar un sitio para hacerlo que sea fuera de la oficina. Aprovecha que debe estar saliendo para llevar la niña al colegio. La interceptas y la interrogas.

— Con amigos como tú, es mejor tener enemigos.

— Ok.

Se fue al colegio a esperarla. La seguiría y la interceptaría de camino a la casa. Se estacionó en la acera del frente cuando la vio llegar con la pequeña. La vio despedirse con un beso y pensó como una mujer podía ser tan cariñosa y tan zorra. La mujer cruzó la calle y se acercó a la guagua, sin darle tiempo a prenderla.

— Se puede saber qué hace siguiéndome.

— No sé de qué habla.

— Mire, agente, desde el fin de semana me ha estado vigilando y no soy ninguna delincuente.

— Eso es lo que usted dice, pero yo creo lo contrario.

— A mí no me importa lo que usted crea ¿dígame que se trae?

— Quiero hacerle unas preguntas.

— ¿Sobre qué? –dijo molesta.

— Sobre su amante.

— ¿De qué amante me está hablando?

— De Julio Ruiz.

— Creo que se equivocó.

— No me he equivocado. Yo conozco las mujeres

de su clase.

— No entiendo.

— Quiero terminar esta conversación lo más pronto posible. Mejor coopera y no la molesto más.

Ricky no sabía por qué estaba molesto. Quería hacerle las preguntas y salir de eso. Amparo pensó lo mismo y acordaron ir al apartamento de Regina que era lo más seguro. Ella llegó primero.

— Regina, perdona mi atrevimiento, pero tú me hablaste de que un agente me quería interrogar.

— Así es. Es el compañero de mi novio.

— Es un idiota.

— ¿Quién es un idiota?

— Usted.

— Ricky ¿Cómo entraste? –dijo Regina.

— Dejaron la puerta abierta y oí a esta mujer alterada y entré.

— Esta mujer tiene nombre.

— No me importa cuál es, para mí es una zorra.

Amparo estaba cerca y sin pensarlo, le dio una bofetada. Estaba furiosa.

— Dele gracias a Dios que es mujer. Si no, se la devolvía.

— Olvídese que soy mujer, yo sé aguantar golpes.

— Por favor, cálmense –suplicaba Regina.

— Llama a Edward, yo no pienso interrogarla.

— Es lo mejor, no le voy a contestar ninguna pregunta.

Regina llamó a Edward y él se tardó un rato en llegar. Cuando entro sintió el ambiente cargado de coraje que había entre su compañero y Amparo.

— ¿Qué es lo que sucede?

— Que este idiota, sin saber, me ha ofendido.

— Que esta zorra se quiere hacer la inocente y es la amante de un mafioso.

— Yo no soy amante de nadie.

— Cálmense los dos, por favor.

— Señora, perdone a mi compañero y déjeme interrogarla.

— Está bien. Pero que él no intervenga.

— Si quieres, me voy –le dijo mirando a Edward.

— No es necesario.

— Empecemos por su nombre.

Amparo contestó todas las preguntas desde quien era Julio en su vida y porque estaba aceptando su cercanía a pesar de que lo detestaba.

—Y para su información, yo no soy su amante ni hay hombre en mi vida desde que ese maldito hizo que perdiera la oportunidad de ser madre.

— No sé porque, pero siento que me dice la verdad –dijo Edward conmovido.

— Regina, puedo ir al baño un momento –le pidió Amparo.

— Ricky, creo que se te pasó la mano.

— Edward primero voy a verificar lo que ella dice y, si es cierto, le pediré disculpas.

— Yo creo que es cierto –dijo Regina.

Amparo entró a la sala con los ojos enrojecidos. Se despidió porque era hora de llegar a la casa y no quería levantar sospechas. Edward fue a la cocina junto con Regina y le dio un beso, esa noche dormiría en el apartamento de ella según planearon. Dejó su guagua en el estacionamiento del edificio y se fue con Ricky que permanecía silencioso.

— Estas muy callado –le dijo Edward.

— Tú le crees a esa mujer lo que dijo.

— Hay que darle el beneficio de la duda. Recuerda que toda persona es inocente hasta que se pruebe lo contrario.

— Yo voy a investigar para que veas que es una mentirosa.

— Puede ser que te equivoques. Si te equivocas, debes darle una disculpa. Nunca te había visto tan molesto con una persona. Lo que podía faltar es que ella sea la mujer de quien madrina habló.

— Estás loco.

Llegaron a la oficina y Ricky empezó a hacer llamadas a Puerto Rico conectándose con agentes que le prometieron que en dos días le tendrían toda la información. Siguió haciendo su trabajo, pero no se podía quitar aquella mujer de la mente. Algo que lo ponía de malhumor.

El día se le hizo largo a Edward, deseaba estar con Regina. Ricky lo llevó al complejo de apartamentos.

Llegó al estacionamiento y sacó un bulto con ropa. Subió y Regina le abrió la puerta, vestía cortos y una blusa que se notaba que no tenía sostén. Lo abrazó y lo besó, no sabía que tenía esa mujer que lo desarmaba. Quería controlarse, pero el deseo lo consumía.

— Amor, te preparé el baño y te hice comida, ve y ponte cómodo.

— Sí, pero necesito que me estregues la espalda.

— Enseguida estoy contigo, déjame apagar la comida para que no se me queme.

Caminaron al cuarto, él se desnudó y camino hasta el baño. Agua tibia llenaba la bañera con burbujas.

— Eddy, tienes un cuerpo espectacular. No me

canso de mirarte. Eres pura fibra y músculos. Tienes unos ojos preciosos. Cualquier mujer se sentiría alagada con sólo tenerte a su lado.

— La mujer que yo quiero a mi lado eres tú. Si lo nuestro sigue así, me casaría contigo. Tú tienes todo lo que siempre quise que fuera mi mujer.

— Ven, métete en la bañera, te voy a estregar la espalda.

— Era sólo una broma, pero no me disgusta que lo hagas.

Comenzó a estregarle la espalda y, en un momento sin que ella se diera cuenta, él se viró y la metió con todo y ropa junto con él. Las risas llenaban el apartamento. Ella terminó desnudándose y bañándose con él. Salieron corriendo de la bañera, se tiraron en la alfombra del cuarto aún mojados y desnudos se entregaron al amor, a la pasión que brotaba de sus cuerpos. Ella se volvió a meter a bañar y cuando terminó, él le trajo la toalla que estaba encima de la cama comenzando a secar suavemente todo su cuerpo.

— Eres un hombre maravilloso. Nadie se puede imaginar que detrás del traje que vistes hay un ser tierno y cariñoso. Pareces frio y eres un ser apasionado que se entrega sin ningún límite.

— Tú eres igual. Me llenas completamente. Sólo verte me provoca pasiones que nunca había experimentado. Quisiera entrar dentro de ti y amarte muchas veces hasta quedarme sin aliento.

— Eddy, no puedo creer que en un mes que nos conocemos, pueda tener un sentimiento tan fuerte.

— Regina, el amor de nosotros no se mide por

tiempo.

Se volvieron a besar. Se abrazaron fuertemente y rieron como dos adolescentes. Se vistieron y fueron al comedor. Pusieron la mesa con todo y velas y cenaron uno a otro, dándose la comida en la boca.

CAPITULO X

Después que Amparo salió del apartamento de Regina fue directo a la casa. Ulises la vio llegar y la pregunto qué le pasaba porque se dio cuenta que había llorado. Pensó que era por la presión que tenía. Ella no lo sacó de la duda. Le pidió que buscara a Estelita porque le dolía la cabeza y trató de recostarse para bajar la tensión que tenía. Quiso decirle tantas cosas al estúpido agente que sin conocerla le había ofendido, humillado y encima la llamó zorra. Pero le había dado su merecido, la bofetada que le propinó le tenía que haber dolido porque a ella le ardió la mano por un buen rato.

Ulises trajo a Estelita y le informó que Amparo no se sentía bien. La niña se fue a su cuarto y cuando estuvo la cena bajo tranquila. Amparo se sintió mejor, luego de estar sola un rato. Atendió a la niña, repasó las tareas, la dejo ver televisión un rato, después hicieron sus oraciones y la dejó dormida.

Amparo se fue a su habitación, no tenía deseos de hablar ni con vivos ni con muertos. Tenía costumbre de hablar con Ulises un rato para luego irse a rezar y recibir alguna instrucción de sus guías. Esta noche quería dormir, se sentía extenuada. Había tenido un mal día.

Ricky dejó a Edward enfrente del lobby y siguió al bar

donde se reunían varios amigos agentes también. El dueño era un ex agente. Estuvo jugando cartas y luego se comió algo en el restaurante chino de más abajo de su apartamento. Llegó a bañarse y a ver un poco de televisión. Para verla tuvo que mover un montón de ropa que había en el sofá. Su apartamento parecía un basurero. Vasos, platos periódicos viejos, zapatos todo era un reguero. Desde que su esposa murió, su vida era vivir día a día. Él no quería tener hijos, el médico se lo advirtió que era peligroso. Ella se empeñó y murieron los dos. Hubiera dado su vida para que la salvaran, pero no se pudo. Ahora sólo el trabajo era su vida. Sus compañeros y esposas quisieron buscarle pareja, pero fue inútil hasta que se dieron por vencidos dejándolo tranquilo. A veces no dormía en toda la noche. Esta noche sabía que iba a dormir, se sentía con mucho deseo de dormir, estaba cansado. Se tardó poco tiempo en conciliar el sueño y al poco rato salió soñando que estaba caminando por la playa y que venía una mujer, a la cual no le veía el rostro, que se le acercaba, que él la abrazaba y la besaba. Él le decía que la amaba y cuando le veía el rostro era Amparo. Se despertó y fue a la cocina a servirse un vaso de agua. Trato de dormir otra vez, pero no lo logró.

Llegó a la oficina malhumorado y sin afeitar. Edward, era todo lo contrario, entró rebosante de alegría. Sus ojos brillaban como nunca en su vida.

— Se puede saber ¿qué mosca te ha picado? –le dijo Edward. Tienes un semblante de trasnochado y de molestia que asusta.
— Déjame tranquilo que estoy que no me soporto.
— Sabes que puedes hablar conmigo cuando quieras.
— Lo sé, tú eres mi compañero y mi mejor amigo.

Luego hablamos.

Sonó la extensión de Ricky y procedió a contestarla. Sus contactos habían conseguido la información de Amparo más pronto de lo que pensaban. Cuando colgó el teléfono se acercó al escritorio de su compañero. Estaba mudo, no sabía cómo decirle a Edward que tenía razón.

— Y ahora qué te pasa.

— Esa llamada era de los muchachos de Puerto Rico.

— De los que te iban a conseguir la información de la zorra.

— Todo lo que dijo es verdad.

— Pues, entonces, prepárate a darle tus disculpas.

— Y tú crees que me va a permitir que me le acerque. Lo que puede hacer es darme otra bofetada, que las da bien duro.

— Eso te lo buscaste tú, por ser tan ligero de lengua, ahora paga las consecuencias.

Se le quedó mirando y sin decir palabra dio media vuelta hacia su escritorio y siguió con su trabajo.

Amparo se despertó más temprano de lo usual. Necesitaba hablar con Anaisa y con su abuela. Después de esta semana, las cosas iban a ponerse difícil y se sentía cansada. Hizo su invocación y espero la respuesta.

— *Sabemos que ya se acerca el desenlace y necesitas estar lista para manejar la situación. Debes hablar con Ulises porque es clave en todo esto. De él depende que todo salga y que cuando todo termine no queden cabos sueltos que ponga en peligro a inocentes.*

Conversaron y le pidieron que convenciera a Ulises de que eso era lo único que se podía hacer. El próximo día, por la noche, se iban Pablo y Julio. Se irían para el apartamento Amparo y Ulises con Estelita para asegurar que se reunieran para ponerse de acuerdo todos los involucrados en el plan. Anaisa se retiró, pero la abuela quiso quedarse porque notaba incomodidad en Amparito.

— *Te siento un poco incómoda. Habla conmigo.*

— Ayer pase un mal día –dijo molesta.

— *Cuéntamelo. Siempre estoy para oír lo que me quieras decir y así te desahogas. Te hará sentir mejor.*

— Un hombre me ofendió sin conocerme. Me trató como una cualquiera. La satisfacción que me queda es que le di una bofetada que jamás se va a olvidar de mí.

— *Tal vez no entiendas lo que te voy a decir, pero ese hombre jugará una parte importante en todo esto y en tu vida. Trata de no complicar las cosas con tu coraje, recuerda que la gente se equivoca y luego rectifica. Tú te equivocaste y te dieron una oportunidad.*

Amparo guardó silencio, realmente no tenía muy claro lo que su abuela decía. Pero se esfumó antes de que le pudiera preguntar.

Estelita llegó a su cuarto lista para que Amparo fuera a desayunar como siempre. Pablo no había regresado.

— Ulises, tengo que hablar con usted de algo muy importante.

— Yo también.

— Regreso del colegio y hablamos.

Saliendo para el colegio se encontró de frente con Pablo que llegaba en ese momento. Tenía tanta prisa que ni un beso le dio a su hija y ni los buenos días a Amparo.

— Ulises, necesito que vengas a la oficina.

— Enseguida, jefe.

— Traigo unos papeles muy importantes y necesito que no dejes entrar a nadie a la oficina, mientras yo estoy de viaje. Nunca ha sucedido nada, pero me han confiado las listas de la organización y las cuentas claves en los bancos y si eso llegara a caer en otras manos, nos hundimos. Todo ha sido gracias a Julio, quien me ha dado un voto de confianza y la organización lo aprobó.

— Me alegro mucho.

— Hay que darle crédito a Amparo, gracias a que ella está compartiendo con él es que me ayudó a conseguir lo que estaba esperando por tanto tiempo. Tendré una participación mayor y el respeto de muchos de ellos. Tú has sido mi hombre de confianza y también disfrutarás tus beneficios.

— Se lo agradezco, aunque por eso su primo siempre se ha sentido molesto.

— Sí, lo sé. Es bueno para trabajitos como los que hacemos en los cementerios, pero no tiene cerebro para pensar. Tienen que guiarlo, sin embargo, tú eres listo y sabes cuál es tu lugar. Además, él no tiene los pantalones que se necesitan. Te echaste una familia completa en contra hace muchos años y todavía estás vivo.

Ulises no le contestó nada. Pablo procedió a poner los documentos en la caja fuerte y subió arriba para hacer su maleta. Aunque se iba por la noche, preparaba todo temprano, ya que le quedaban par de reuniones para cobrar dinero y de ahí seguía para el aeropuerto. Se iba sin despedirse de su hija, total casi nunca lo hacía. Amparo bajó y tropezó con Pablo cuando bajaba él y

Ulises con su maleta.

> — Ya me voy, Amparo, no sé si Julio venga personalmente a despedirse o la llame por teléfono. Entiendo que él sale más tarde que yo.

> — No se preocupe, me da lo mismo.

Él la miró, pero no le dijo nada. Ese no era su problema, era de Julio. El primo Ernesto lo llevaba a las reuniones y al aeropuerto. Mejor para Ulises y para ella, así podían hablar sin ningún temor de ser escuchados. Esperaron quince minutos y cuando estuvieron seguros, se reunieron en la cocina.

> — Amparo, sé que está pasando algo raro. Me siento intranquilo, es la sensación de que se aproxima algo grande y peligroso.

> — Es cierto. Tengo que hablar con usted muy seriamente. Si no está de acuerdo, lo comprendo. Necesito que entienda que todos podemos estar en peligro.

> — A eso estoy acostumbrado.

> — A Pablo y a Julio los están vigilando junto con la organización. No han hecho ningún movimiento porque no tienen pruebas suficientes para poder condenarlos. Eso y la situación de que en las próximas semanas es el aniversario de la muerte de la madre de Estelita, nos va a tener en medio de situaciones peligrosas.

> — Mi madre se me apareció y me dijo que por el amor que nos unió una vez en la tierra que tenía que protegerla a usted y a la niña. Me hizo jurar que las defendería hasta con mi vida si era necesario y se lo juré.

> — Gracias, eso era lo que necesitaba oír; es

importante proteger a la niña más que a mí.

— De las pruebas no se preocupe, que yo las tengo. Nunca confié completamente en Pablo sabiendo que su primo me detesta, aunque me tiene miedo. Yo sé todo lo que ellos hacen y cuando él se iba los viernes, yo copiaba los documentos. Ahora voy a hacer lo mismo con los últimos que trajo que son los más importantes.

— Voy a estar aquí vigilando, en lo que usted lo hace.

Entró de nuevo a la oficina y comenzó la operación. Amparo estaba en la cocina y sintió un auto que llegaba. Era Julio que venía a despedirse de ella.

— Hola, Amparo. Vine a despedirme, salgo dentro de un rato al aeropuerto. Quise estar un rato contigo.

— Quisiera que nos fuéramos al apartamento. ¿Qué te parece?

— Me estás invitando a tu apartamento. Nunca pensé que lo harías.

— Quiero que lo veas –le dijo.

— ¿Dónde está el cocinero? Esta casa no puede quedarse sola.

— Debe estar por ahí. Vámonos al apartamento, quiero despedirme de ti en ese lugar solos los dos.

Nunca se imaginó que le diría algo así, pero se lo tenía que llevar antes que Ulises saliera con la copia de los documentos. Se le acercó y pegó su cuerpo al de él. Lo besó en la boca, fingiendo una pasión que no sentía.

— Mi amor, no sabes cuánto he deseado ese beso.

— Vámonos, ya casi es hora de buscar la niña.

— Sí, vámonos.

— No te preocupes, que yo cierro la casa. Ulises debe estar en su casa.

Salieron Amparo y Julio en el auto de ella y los hombres de Julio en el de él. Ulises salió a tiempo para ver cómo se iban de la casa. Guardó los papeles, además de recoger los otros. Tenía que esconderlos e ir detrás de ellos, no quería que le pasara nada a Amparo.

Puso los papeles en un maletín y se montó en la guagua que usaba para los mandados. Llamó al celular de Amparo.

— Ulises, perdona que no te avisara, voy con Julio al apartamento.

— Tengo los papeles.

— Si quieres, trae la ropa que hay en mi armario y métela en el bulto. Recoge a Estelita y llévala a la casa.

— Ya entendí –dijo y colgó.

— Mi amor, no sabes cuánto espere este momento desde que te volví a encontrar.

Ella permanecía silenciosa sin saber cómo se podría zafar de esa. Ulises volvió a llamarla y le dijo que habían llamado del colegio que Estelita tenía fiebre y que la iba que buscar, porque estaba llorando mucho.

— Lo siento, mi amor, tengo que regresar al colegio Estelita está enferma y no se queda tranquila hasta que yo llegue.

— Deja que Ulises la atienda.

— No entiendes que es conmigo que quiere estar – dijo molesta.

— Está bien, pero dame un beso. Me conformo hasta que vuelva la semana que viene. Nos vamos de viaje tú y yo solos.

— Está bien.

Lo besó nuevamente. Gracias a Dios que a Ulises se le ocurrió decir esa mentira. Julio se montó con sus hombres para irse al aeropuerto. Ella se limpió la boca con la mano y luego se tuvo que bajar del auto porque comenzó a vomitar. Prendió su carro y, más adelante, se salió de la carretera. Alguien la observaba desde una guagua negra, esta vez ella no se había percatado de que el agente la vigilaba. Se echó a llorar sin consuelo y descargó toda su ira sobre el guía de su flamante auto.

> — Cálmese, todo se va a solucionar –le dijo Ricky. Yo sé que soy el menos indicado para consolarla. Lamento mucho por lo que está pasando y quisiera que me disculpara por lo que pasó en días pasados.

Cuando le fue a contestar, Ulises le dio un golpe en la cabeza con la culata de su revólver que lo dejo inconsciente.

> — No, Ulises, es un agente.

> — Yo pensé que le quería hacer daño, por eso lo ataqué.

> — Vamos a meterlo en el carro y lo llevamos al apartamento. Lo montamos por el ascensor de carga que nadie usa a esta hora. Yo me quedo con él y tú te vas a buscar a Estelita. Llévala para la casa y le dices que yo voy más tarde, que nos venimos para acá hoy.

Luego de hacer la operación del ascensor y dejar las copias en el apartamento, Ulises se fue a buscar a la niña. Ricky se despertó con un terrible dolor, además, de un chichón en la cabeza.

> — No se levante de golpe o el dolor de cabeza será

peor –le dijo Amparo.

— No le creo que me pueda doler más. ¿Quién me golpeó?

— Yo.

— No me diga ahora resulta que es maga.

— No quiero discutir con usted.

— Claro, como a usted no le duele. La verdad que entre la bofetada y este golpe, debo entender que estar cerca de usted es un peligro para mí.

— Nadie lo manda a meterse donde no lo llaman.

— Yo sólo quise ser amable y disculparme con usted por mis groserías.

— Voy a llamar a Regina para que le avise a su compañero donde está.

— Gracias.

— Después de todo, esta zorra no es tan mala.

— Por favor, ya le pedí disculpas. Todos cometemos errores en la vida y todos nos merecemos una oportunidad.

— Esas palabras las he oído antes.

Llamó a Regina. Esta a su vez hizo lo propio y Edward al saber que su compañero estaba herido, vino rápidamente al apartamento de Amparo. Luego que Amparo explicara lo sucedido, las aguas volvieron a su nivel.

— Entonces ya Ricky se disculpó –comentaba Edward. Y le costó otro golpe más.

— Busca a otro de quien burlarte. Me duele mucho la cabeza, no estoy para bromas.

— Está bien tenemos que planificar bien cómo vamos a resolver esto.

— Tengo algo que proponerles. Tengo las pruebas que necesitan para hundir a toda la organización, pero necesito que me aseguren que Ulises el cocinero no tendrá problemas.

— No podemos prometerle nada, primero tenemos que ver las pruebas para entonces negociar – dijo Edward.

— Tenemos que sacar la niña del lado de Pablo – dijo Amparo.

Amparo sacó algunos papeles del bulto y se los enseñó. Edward los revisó y se dio cuenta de lo importantes que eran.

— Con esto podemos desarticular toda la organización.

— Vamos a hablar con los muchachos para ver qué podemos hacer con sus peticiones. Sin mostrarle estos papeles al fiscal federal, no sabemos cuánto se puede lograr.

— Yo necesito que ustedes hagan lo posible. Devuélvame los papeles y luego cuando todo esté arreglado yo se los entrego.

— Mañana hablamos con los muchachos y luego le decimos que podemos hacer.

— Pablo y Julio regresan el lunes.

— Ya lo sabemos, veremos qué podemos hacer.

— Edward, yo me voy para mi apartamento - dijo Ricky- este dolor de cabeza me está matando,

Trató de levantarse y se sintió mareado.

— Creo que debes esperar un poco, digo, si a Amparo no le molesta.

— No, se puede quedar un rato en lo que se repone.

— Nosotros nos vamos abajo un rato, me quiero bañar y comer algo –dijo Edward.

Salieron juntos y fueron al apartamento de Regina.

— Mi amor, me siento preocupada por todo esto.

No sabía hasta qué punto Pablo estaba involucrado en el crimen organizado. Mi sobrina peligra y Amparo también, tienes que ayudarlas.

— Voy a hacer todo lo posible.

— Yo sé que lo vas a hacer. Voy a prepararte el baño y luego te cocino.

— Me preocupa el golpe de Ricky.

— Despreocúpate, yo sé que Amparo lo va a cuidar.

— Creo que después de la guerra, viene el amor – dijo Edward

— ¿Por qué dices eso?

— No recuerdas que Angélica le dijo que iba a tener un amor a primera discusión. Desde que empezaron a hablar empezaron a discutir.

— Es verdad y mirándolos bien hacen buena pareja. Ella es un poco mayor, pero se ve más joven que él.

— Mi amor, yo no quiero comer nada fuerte. Dije que venía a comer para dejarlos solos. Quiero algo ligero, además, necesito que me estregues la espalda.

— Está bien, pero me voy a quitar la ropa, no quiero que me hagas lo de la última vez; yo me meto en la bañera contigo.

Amparo le puso una bolsa de hielo y se fue a la cocina a preparar algo de comer. Después de tanta pelea con Ricky, ahora resulta que la ponía nerviosa. Regresó a la sala.

— ¿Le gustaría comerse una sopa?

— No se moleste.

— No es molestia, a mí me gustan y sé que le van a hacer bien.

— Bueno, a mí me gustan también.

— Bueno, recuéstese que yo la hago en un santiamén.

Comenzó a cocinar y el olor de la sopa llegaba a la sala. Ricky no recordaba la última vez que saboreó una comida casera. Pensaba, además de eso, que Amparo era una mujer hermosa. Después de que confirmara la versión de ella, admiraba como había superado su tragedia. Los dos estaban marcados por el dolor. Estaba envuelto en sus pensamientos, cuando Amparo llegó con la bandeja para que él comiera. La sopa estaba caliente y comenzó a dársela como si fuera un niño pequeño, soplándola como una madre a su hijo. Él la miraba fijamente y, de pronto, comenzaron a salir lágrimas de sus ojos.

— ¿Qué le sucede, agente, se siente muy mal?

— No, es que me recuerda una etapa de mi vida que ya había olvidado. Amparo, yo sé que fui muy grosero con usted. Quiero que me perdone. La vida ha sido dura con usted y conmigo.

— Siento mucho lo de su esposa. Pero ha pasado mucho tiempo y ella quiere que usted rehaga su vida.

Amparo sin darse cuenta le transmitía un mensaje a Ricky que su esposa quería decirle.

— ¿Quién le dijo eso?

— ¿Quién me dijo que?

— Lo que me acaba de decir. ¿Cómo usted sabe de mi esposa y de que está muerta?

— Yo no sé nada de eso, ese golpe en la cabeza le debe haber afectado – tratando de disimular.

Cómase la sopa que lo que queda es poca y llame a Edward para que lo lleve al hospital.

— Yo no voy para ningún hospital. Usted sabe lo que dijo y yo también y no quiero más sopa.

— Y volvemos a empezar la pelea.

— No, está bien, no quiero más peleas con usted . Yo siempre soy el que agarro todos los golpes.

Amparo se empezó a reír y él también. Amparo tenía una sonrisa linda. Ricky se le quedó mirando. Sentía una atracción sobre ella que le empezó a perturbar. Ella se dirigió a la cocina, dejándolo sumido en sus pensamientos. Regresó con unas aspirinas y un vaso de agua.

— Tómese esto, le aliviará el dolor de cabeza. Sé que no va a ir al médico.

— ¿De qué son?

— De cianuro. Le va a quitar el dolor para siempre.

— Muy chistosa. Yo no tomo nada si no sé lo que es.

— Ya le dije que son para el dolor de cabeza. Le voy a buscar el frasco para que lo vea.

— Está bien, no es necesario.

— Cuando se sienta aliviado, avísele a su compañero para que lo lleve a su casa.

— Antes de irme, quisiera darle las gracias por todo y hacerle una pregunta.

— No se preocupe, dígame lo que quiere preguntar, aunque yo sé que usted sabe más de mí que yo de usted.

— Me intriga como supo lo de mi esposa. Me da la impresión que usted es como la madrina de Edward.

— ¿Quién es ella?

— Se llama Angélica y fue quien ayudó a la mamá de Regina a encontrar el cadáver de su hija.

— Ya sé de quién me habla. Pues sí, yo soy como ella.

— Perdone mi atrevimiento, pero yo quisiera saber cómo está la que fue mi esposa.

— En este momento no puedo, pero le prometo que en otra ocasión lo voy a complacer.

— Entiendo. Me haría el favor de llamar a mi compañero.

— Creo que debemos esperar a que ellos llamen, no debo interrumpirlos.

— Es verdad. Están disfrutando su amor, no necesitan entrometidos en su mundo.

No bien Amparo hizo el comentario tocaron a la puerta. Era Regina y Edward que, cuando Amparo abrió, entraron juntitos destilando amor por todo sus cuerpos.

— Te sientes mejor compañero, se te nota mejor semblante, te han cuidado bien.

— No me puedo quejar, me hicieron una sopa que sabía a gloria.

— No exagere tanto –dijo Amparo.

— Ya empieza a oscurecer y debemos irnos. Mañana temprano tenemos que resolver lo de este caso. Entiendo que, ahora que los tipos están de viaje, tenemos la oportunidad de arreglarlo todo antes de que lleguen –dijo Edward.

— Es necesario que puedan ayudar a Ulises, él consiguió las pruebas y salvar a Estelita –dijo Amparo.

— Haremos lo posible –dijo Ricky.

Ambos se fueron y Regina se quedó para hablar un rato con Amparo.

— Ulises no ha llegado con Estelita.

— Es que cuando fui a la cocina le dije que no viniera hasta que no le avisara.

— Voy a llamarlo ahora para que la traiga.

— Me avisas para irme.

— No creo que sea necesario. La niña no te conoce, le voy a decir que eres mi amiga y que vives abajo. Esto lo puedo hacer contigo, tu mamá no hubiera podido resistir tenerla cerca y se hubiera descubierto. Creo que cuando se desate esto, te la debes llevar para donde la abuela.

— Creo que es lo mejor.

— Sí, lo sé.

De pronto, entró Ulises con Estelita.

— Nana, te tardaste demasiado en mandarme a buscar, estaba bien aburrida.

— Lo siento, pero estaba haciendo unas cosas y no te iba a poder atender. Mi amor, te presento a una amiga.

— Mucho gusto, Estelita, para servirle.

— Eres una niña muy hermosa.

— Sí, todo el mundo dice que me parezco a mi mamita. Ella era hermosa también.

— Sí, ella debe haber sido muy hermosa como tú – dijo Regina con lágrimas a punto de salir.

— ¿Cómo te llamas?

— Regina.

— Así se llamaba mi tía. Nunca la vi y mi papá rompió todas las fotos para que yo no las recordara. La única que recuerdo es mi abuelita.

— Me encantan las nenas inteligentes como tú, me
das un abrazo.

— Sí.

La abrazó y sintió como si estuviera haciéndolo a su
hermana.

— Me estás apretando fuerte.

— Perdóname, es que me recuerdas a alguien que
quería mucho y ya no está.

— Ven, para que veas mis muñecas.

— Sí, vamos a jugar un rato para que Amparo
descanse.

— Estelita, si no has terminado las tareas, Regina
te puede ayudar. Yo tengo que hablar algo
importante con Ulises.

— Ok.

— Ulises, ya que Estelita se fue al cuarto con
Regina, vamos hablar algo muy importante.

— Diga usted.

— Ya hablé con los agentes de las pruebas que
usted consiguió.

— Presiento que eso me va a costar la vida o mi
libertad, pero no me importa, esta vida ya me
tiene cansado y necesito terminarla de una vez.
Es lo que mi mamá quiere.

— Quiero hacer un trato con ellos para que salga
lo mejor que pueda.

— A mí me interesa que usted y la niña estén fuera
de peligro.

— Lo sé y se lo agradezco, pero deseo que no le
pase nada a usted.

— Despreocúpese, yo me sé cuidar.

— Voy a dormir a la niña dentro de un rato para ir

— al cuarto, mañana por la noche los muertos

salen a cobrar a los que le deben.

— Nana, Regina me invitó a ver televisión en su casa. Tiene películas de las que me gustan, ¿me dejas dormir en su casa? Ella está solita y su novio trabaja tarde. Anda, dime que sí.

— Está bien. Regina es muy buena y sé que te va a cuidar muy bien.

CAPITULO XI

Regina salió con Estelita, Amparo fue al cuarto donde se encontraba su altar. Hizo su invocación y espero la presencia de su guía y demás entidades con calma, pero con preocupación.

> — *Estamos aquí para ayudarte. Vamos a retrasar el regreso de Julio y Pablo para dar tiempo a poner todo en el orden correcto. Comenzaremos con Ernesto y su amigo. El amigo de Ernesto es el primero que nos va a sentir. Luego, vamos con Ernesto y cuando llegue Pablo, terminamos.*

> — No sé lo que van a hacer con esos dos. Pero presiento que se van a arrepentir de todo lo que han hecho.

Todos salieron juntos decidiendo hacerle una visita al amigo de Ernesto a las doce de la noche.

Amparo terminó sus oraciones y fue al balcón de su apartamento donde se podía ver la ciudad iluminada. El que Estelita se hubiera ido con su tía le facilitaba cualquier movimiento espiritual necesario que tuviera que ejecutar. Ulises, estaba al tanto de que esa noche empezarían a desatarse ciertos acontecimientos.

Se sentó a pensar en todo lo que había sucedido

durante el día. Se sonreía sola pensando en el agente compañero de Edward. Entendía que era un buen hombre y que las circunstancias lo habían llevado a tener un carácter tan difícil. También pensó que era un niño metido en el cuerpo de un hombre. Por primera vez fijó su pensamiento en él y se dio cuenta que era un hombre guapo. En todo el tiempo que había estado sola, ningún hombre le había llamado la atención suficiente como para aceptar que fuera lindo o feo, pero Ricky era atractivo y ella tenía que admitirlo. Nunca fue racista, así que podía admitir que tenía un cierto imán con ella. Ese pensamiento lo borró instantáneamente. Para ella, el amor estaba vedado. Además, sabía que no tenía por qué cambiar su forma de vivir. Él era un hombre que estaba tratando de resolver un caso y cuando terminara sería un expediente más con el sello de caso resuelto. Seguiría su vida y ella continuaría la de ella, sola. Sonó el teléfono, era Julio que la estaba llamando. No tenía ganas de hablar con él, pero decidió atenderlo.

— Amparo ¿cómo estás?

— Bien y tú.

— Creo que tenemos que posponer el viaje que íbamos a hacer juntos, surgieron unas complicaciones y tendremos que permanecer una semana más aquí.

— No te preocupes, habrán mejores momentos.

— Deseaba tanto estar contigo, pero hay compromisos que no se pueden eludir. Espero que esos mejores momentos, como tú dices, puedan ser la semana siguiente.

— Veremos. Tengo que colgar voy a acostarme. Luego me llamas.

No le interesaba para nada la conversación. El sólo pensar que ese hombre la volviera a tocar, le paraba los pelos. Gracias a sus guías podía estar tranquila. Sabía que cuando regresaran todo estaría diferente. Eran las once de la noche, se tenía que acostar. Su último pensamiento fue para el agente que cada rato le venía a su mente. Antes de acomodarse en el suelo y cerrar los ojos, abrió el armario donde estaban sus imágenes, hizo su invocación y su ritual, ya que iba a hacer un viaje astral al lado de sus guías cuando éstos comenzaran a acercarse a Ernesto y su cómplice. Sería testigo de la situación. No le preocupaba Estelita, Regina la cuidaría y tendría el espacio y tiempo necesario para lo que comenzaba esa noche.

Edward llevó a Ricky a sala de emergencias en contra de su voluntad.

— Chico, es sólo para que te revisen a ver si todo está bien contigo.

— Sabes que detesto los hospitales. Desde que mi esposa murió, no soporto ni a lo que huelen.

— Es por tu bien. Esos golpes siempre a la larga traen sus consecuencias.

— Vamos a estar aquí perdiendo el tiempo. Quiero irme para el apartamento.

— Nos vamos cuando el médico venga. Vamos hablar de otra cosa. ¿Qué te pareció tu enfermerita? Es lo que necesitas para dejar de ser el lobo solitario.

— Amparo es un ser humano excepcional. A pesar de que la ofendí fue muy amable conmigo. Hasta me dio ella misma la sopa.

— Creo que ella es la mujer de quien mi madrina te habló.

— Sabes que las otras noches soñé que estaba

besando a una mujer y cuando le vi la cara, era ella.

— Mañana llamamos a madrina y lo confirmamos. Pero de que te gusta, te gusta.

— Amparo es igual a tu madrina. Me hablo de mi esposa sin conocerla.

— No me digas. Eso sí es interesante. Todavía recuerdo que cuando te hablaba de lo que hacía mi madrina te burlabas. No fue hasta que te diste cuenta de que su trabajo era serio y efectivo que dejaste de burlarte de ella y de mí. Ahora resulta, que te gusta alguien que tiene esas habilidades. En Puerto Rico hay un refrán que dice que al que no quiere caldo se le dan tres tazas, y a ti te dieron la olla completa.

— Cállate y déjame quieto.

En eso apareció un médico amigo de Edward quien revisó a Ricky. Le tomó unas placas, todo estaba bien por el momento. Lo quiso dejar en observación, pero no lo pudieron convencer. Edward lo llevó al apartamento, espero que se bañara y cambiara de ropa. Se iban a reunir con los otros agentes para planear lo que iban a hablar con el fiscal sobre el caso.

Capítulo XII

Alex, el amigo de Ernesto, estaba en la barra como todos los días. En días de semana, el dueño la cerraba temprano. Éste, estaba esperando que Alex terminara su juego de billar, para irse. Faltaban quince minutos para las doce y el dueño le señaló en su reloj de mano que era hora de cerrar.

Alex, salió de la barra y se dirigió a la parte de atrás de la barra donde había estacionado su carro. El foco de la calle empezó a apagarse y prenderse hasta que se quedó con una luz tenue. Alex sintió escalofríos y quiso acelerar el paso. Oyó pasos detrás de él, se volteó, pero no vio a nadie; cuando giró de nuevo, unas siluetas estaban cerca de su auto. Sacó una pistola y gritó.

— ¿Quién está ahí?

— Nadie –le contestaron.

— Apártense o disparo.

— Ya nos disparaste –dijeron.

Se fue acercando y, con la poca luz que había, pudo verle el rostro a una de las víctimas asesinadas por Pablo y Ernesto. Era un hombre pálido con un tiro en la frente que se le fue acercando y pudo ver otro tiro que el hombre tenía en el pecho. Comenzó a correr y a gritar hasta que salió de la calle y siguió corriendo hasta caer exhausto. Todo su cuerpo temblaba y tenía sus pantalones empapados de orines. Sus ojos estaban cerrados y cuando los abrió, vio cómo lo rodeaban los fantasmas de aquellos que él había enterrado.

— ¿Qué es lo que quieren conmigo? Yo no los maté, sólo los enterré.

— *Quiero que le digas a tus cómplices que quien la hace la paga y que a ellos les toca ahora. Uno a uno, van sentir en su propia carne las consecuencias de sus crímenes. Dile a Ernesto que se prepare y que a Pablo le va a pasar peor.*

Melissa era la que se dirigía a Alex. Fue la primera víctima y la que estaba al mando de aquellos fantasmas.

— Yo no asesiné a nadie, yo sólo los enterraba – decía mientras lloraba.

— *Sí, lo sabemos, pero también tienes culpa. Tienes que darle el mensaje a Ernesto o te vamos seguir a donde quiera que estés y te va a ir muy mal.*

Diciendo esto desaparecieron, pero Alex vio que había una mujer que no estaba herida y que estaba unos pasos retirada del grupo, esa cara la había visto antes, pero no recordaba dónde. Sabía que a la única que habían matado era a la esposa de Pablo y ése había sido Ernesto. Pero a esa mujer sabía que la conocía. Llegó a su casa y se metió a bañar, estaba todo orinado y con muchas ganas echarse agua fría por el cuerpo. Salió del baño pensado que nada de lo que había pasado podría ser cierto. Tal vez el dueño de la barra le había metido alguna droga en el trago y por eso, había tenido alucinaciones. Más tarde, arreglaría cuentas con él. Se fue a su cuarto y se acostó a dormir.

Cuando se estaba durmiendo, una brisa fría entró por

la ventana, se levantó para cerrarla y al voltearse, un hombre vestido de negro con capa y cara de carabela lo miraba, pero no tenía ojos.

— Esto no existe, es mi imaginación, ese cabrón me metió una droga en mi bebida. Es una alucinación –repetía Alex.

— *Estás equivocado, no es efecto de ninguna droga, soy el Barón del cementerio y quiero que le des el mensaje que te dieron a Ernesto y a Pablo. Si no lo haces, atente a las consecuencias.*

— Está bien, pero no me van a creer.

— *No te preocupes, que yo me encargo de eso. Por si lo dudas, la mujer que viste en el cementerio era la mujer de Pablo que viene de la tumba a cobrarse la que le hicieron al igual que los otros que mataron y que tú enterraste en tumbas ajenas, sin encomendarte a nadie.*

— Perdóneme, por favor, le juro que no lo vuelvo hacer.

— *Ya es muy tarde. Habla con tu amigo Ernesto lo más pronto que puedas. Se te está acabando el tiempo.*

Así mismo desapareció, dejando a Alex sumido en miedo y desesperación. Llamó a Ernesto por teléfono y éste no le contestó. Se mantuvo toda la noche sin poder pegar los ojos, se podían oír los latidos de su corazón. La incertidumbre se lo comía por dentro, ni debajo de la tierra se podría esconder, sabía que lo encontrarían. Tenía que hablar con Ernesto, pero sabía que no le creería. Revivió la escena de aquellos fantasmas y la mujer que le recordaba a alguien, pero no sabía a quién ni dónde.

Amparo se levantó del suelo extenuada. Pero valió la pena ver como Alex reaccionaba ante las apariciones de las víctimas de Pablo y Ernesto. Sabía que debía tener más cuidado porque se dio cuenta de que Alex la vio. Se acostó a descansar porque esos viajes consumen mucha energía. Eran las dos de la mañana y necesitaba dormir bastante para recuperar sus fuerzas.

Se durmió y salió soñando que caminaba por la playa y que un hombre se le acercaba, la abrazaba y la besaba apasionadamente y al abrir los ojos, el rostro de quien le había dado un beso tan maravilloso era el de Ricky. Sintió una tristeza muy grande en su corazón al levantarse en la mañana, no podía pensar en que el amor volviera a tocarle y menos ser feliz. Se dio un baño para despejarse y luego, cuando fue a desayunar, tocaron a la puerta eran Regina y Estelita. Ya eran las diez de la mañana.

> — Nana, la he pasado súper con Regina. Vimos películas y le conté muchas cosas de mi mamita. Quiero quedarme con ella otra vez.
> — Sí, Estelita siempre que ella lo desee así será y, por supuesto, que te portes bien. Ve a guardar tus cosas al cuarto. Se me pegó la sabana y no te llevé al colegio, pero mañana vas así que has las tareas y luego, yo las reviso. Las que hiciste con Regina eran para hoy. Debes hacer las de mañana.

Estelita se fue al cuarto y sonó el celular de Regina.

> — Mi amor, ¿estás en el apartamento tuyo o en el de Amparo?
> — En el de Amparo.
> — Dile que conseguimos una reunión con el fiscal federal hoy a la una de la tarde. Que cruce los

dedos.

— Amparo, los muchachos se van a reunir con el fiscal para negociar lo de las pruebas.

Amparo cerró los ojos intuitivamente.

— Dile que tengan cuidado, hay un traidor en esa oficina y se van a complicar las cosas.

— Amparo dice que tienen que tener cuidado. Hay alguien que es un traidor y pueden traer dificultades.

— Ella sabe quién es –dijo Edward.

— No sé quién es, pero está cerca –contesto Amparo antes que Regina le preguntara.

— Dale saludos de mi parte –decía Ricky.

— Ricky le envía saludos y quiere saber si la puede invitar a tomar un café y a dar una vuelta.

— Yo no te dije eso.

— Ricky quiere invitarte a un café y a dar una vuelta.

— Amparo dice que sí.

— Porque dices eso, si te estoy haciendo señas de que no –decía Amparo entre dientes.

— Hablamos luego, mi amor –se despidió Regina sonriendo.

— ¿Cuál es el problema? Ricky es un hombre guapo, soltero, sin hijos y trabajador.

— El amor es algo que no se hizo para mí. Además, no sé si después de todo lo que le ha pasado y cuando todo termine, no seré un expediente más de su trabajo.

— Es sólo un café y una vuelta, no es que te vas a acostar con él –murmuraba en voz baja.

— No quiero hablar de eso.

Edward y Ricky se juntaron con sus otros compañeros y se dirigieron a la oficina del fiscal. Él estuvo de acuerdo con ayudar a Ulises, pero tenía que presentar pruebas para hacer la orden de allanamiento y de detención de todos los que estuvieran envueltos en el crimen organizado. Eso era algo que tomaría par de días, así que tenían que ser cautelosos para que no se filtrara ninguna información que pusiera en peligro, no sólo la investigación si no vidas inocentes. Salieron de la oficina muy entusiasmados. Saliendo, uno de los ayudantes de confianza del fiscal entró a la oficina y éste lo envió a la oficina del juez que estaba encargado de darle las órdenes. Antes de llegar donde el juez, hizo una llamada misteriosa fuera de la oficina.

— Ulises, ve a la casa y busca lo que tienes allí importante. No podemos regresar a la casa. Mis guías me acaban de decir que están tratando de localizar a Pablo para informarle que lo van a detener. No puedes estar en la casa, ni tampoco nosotras.
— Voy enseguida y regreso.
— Voy a llamar a Regina para que le avise a Edward.

Edward estaba satisfecho con los resultados de la reunión. Fue junto con Ricky a la oficina, cuando recibe la llamada de su madrina.

— Edward, tienes que mover a la niña y a la nana junto con el hombre que las acompaña, están en peligro.
— ¿Qué sucede madrina?
— Están tratando de localizar a Pablo y a alguien que está con él para informarles que están a

punto de delatarlos. Tienes que moverte lo más pronto que puedas, ocultarlos hasta que estén fuera de peligro.

— Está bien, madrina, voy a buscarlos y a esconderlos.

— Ricky, tenemos que mover a Amparo, a la niña y a Ulises.

Salieron de la oficina corriendo y se dirigieron a donde estaban Amparo, Estelita y Ulises.

Capítulo XIII

Una llamada en medio de una negociación lo detuvo todo.

— Tenemos que regresar a Estados Unidos inmediatamente –dijo Julio. Vamos para el hotel a recoger nuestras cosas.

— ¿Qué sucede?

— Llamaron al Don de la oficina del fiscal federal. Alguien tiene una información de papeles que delatan todas las operaciones con nombres y número de cuentas. Esos son los papeles que te entregué Pablo. ¿A quién le hablaste de eso?

— A nadie, el único que lo sabía era Ulises.

— Pues, tu cocinero se convirtió en un traidor. Tenemos que utilizar la avioneta de "la compañía" para llegar con cautela y eliminarlo. No quiero testigos que nos puedan delatar.

— No entiendo que pasó con él, siempre fue de fiar.

— Comunícate con tus hombres para que lo capturen, pero que no le hagan nada hasta que lleguemos esta noche.

Pablo llamó a Ernesto para que se comunicara con Alex y fueran a buscar a Ulises. Le explicó en clave y rápidamente lo que estaba sucediendo y lo que debía hacer. Colgó el teléfono y se fue junto con Julio al aeropuerto para abordar el avión privado.

    — Pablo, tu hija y Amparo pueden estar en peligro.

    — A mí lo que me preocupa son los papeles. Esto le puede costar la vida. Ese cabrón me las va a pagar.

    — No sé hasta dónde nos puede llevar esto. Pero tenemos que resolverlo lo más pronto posible.

Ulises recogió las cosas que le faltaban y regresó al apartamento. Edward se comunicó con Regina y le pidió que recogiera un poco de ropa, que luego le explicaba, pero que le dijera a Amparo que hiciera lo mismo junto con Ulises, que estaban en peligro, que recogiera también lo de la niña porque se tenían que ir.

    — Amparo, dice Edward que nos tenemos que ir que estamos en peligro.

    — Lo sé, pero dónde nos vamos a esconder.

    — Ya ellos vienen de camino.

    — Dios nos proteja –dijo Amparo.

Llegaron y los recogieron a todos. Se habían comunicado con los otros compañeros agentes federales. Estuvieron de acuerdo con que alguien de la oficina del fiscal era un informante de la organización. No sabían quién, así que hablaron de resolver lo que pudieran ellos solos. Tendrían que buscar un lugar donde todos se pudieran quedar para proteger a Ulises y a los demás. Decidieron irse a las afueras de la ciudad a un hotelito en lo que se comunicaban con alguien de confianza que pudiera colocarlos en la agencia de protección de testigos.

Ernesto se comunicó con Alex.

— Alex, necesito que nos encontremos inmediatamente. Hay grandes problemas que no te puedo contar por teléfono.

— Ven a buscarme, no me voy a mover de mi casa, si no vienes por mí.

— Qué carajo te pasa, estás muy raro.

— Cuando llegues, te cuento.

— Voy para allá.

Salió a buscar a Alex y cuando éste abrió la puerta estaba ojeroso y pálido.

— Pareces enfermo o como si no hubieras dormido en toda la noche –comentó Ernesto.

— Tengo que hablar contigo seriamente. Sé que no me vas a creer lo que te voy a decir.

— Vístete y me lo cuentas por el camino, no podemos perder el tiempo.

Alex se metió al baño y se vistió rápidamente, montándose en el auto comenzó a explicarle a Ernesto todo lo sucedido.

— ¿Tú te has vuelto loco? ¿De dónde carajo te has sacado esa historia? Tú tienes que estarte metiendo algo que no es whisky.

— Yo sabía que no me ibas a creer. Se lo dije al muerto. Es verdad lo que te digo.

— Cállate y no me hables más de ese asunto. Antes de que te vuelvas más loco, tenemos que conseguir al cocinero o si no, estamos jodidos.

Llegaron a la casa de Pablo. Todo estaba oscuro y solitario. Rebuscaron por todos lados, no había rastro del cocinero ni de nadie. Subieron a las habitaciones y en el cuarto de Amparo, Alex vio un retrato de ella con la niña y la reconoció.

— Esa es la mujer que estaba con los muertos –

exclamó.

— Te dije que no me hables más de esa mierda –
gritó, dándole una bofetada.

— Vámonos de aquí. Esa mujer es una bruja.

— Sí, vamos, porque si te sigo oyendo te voy a
matar, maldito loco.

Salieron de la casa y se dirigieron a una pista
abandonada que usaban de vez en cuando para
emergencias y esperaron a que llegaran los "pasajeros".

Ya eran las dos de la madrugada cuando oyeron la
avioneta. Aterrizó y cuando Pablo y Julio se bajaron, alzó
nuevamente su vuelo. Se dirigieron al auto y salieron
velozmente del lugar.

— ¿Pudieron encontrar a Ulises? –preguntó Pablo.

— No, jefe, ni rastro de él.

— Amparo y la hija de Pablo deben estar con él en
el apartamento –dijo Julio.

— Vamos a esperar hasta mañana. Sería
sospechoso que fuéramos allá a esta hora.
Tenemos que organizarnos. Vámonos a un
hotel, entre tanto, averiguo si están en el
apartamento –dijo Pablo.

— Yo voy a llamar al hombre de la oficina a ver
cuánto se sabe –comentó Julio.

Se alojaron en un hotel de la organización. Pablo envió
a sus cómplices a vigilar su casa para cerciorarse si la
estaban vigilando. Mientras, Julio hizo par de llamadas y
se enteró que tenían sólo un poco de información.

— Tenemos que encontrar a Ulises lo más pronto
posible –comentó Julio. Mi informante me
aclaró que no habían llevado ninguna
evidencia, pero que lo que informaron era
cierto. Sin las pruebas y sin testigos, nada

podían hacer en contra nuestra y de la organización.

— El traidor va a pagar con su vida lo que ha hecho.

— Tienes que buscarlo hasta debajo de la tierra. Debe tener secuestrada a tu hija y a Amparo.

— No estoy muy seguro, últimamente los veía muy compenetrados.

— ¿Qué quieres decir con eso?

— Nada, jefe, que tal vez hicieron esto juntos.

— No creo que Amparo se preste para algo así. No tiene ningún motivo.

— Eso es lo que me tiene confundido. Si quería dinero, lo pudo haber cogido y desaparecer. Para qué hacer lo que está haciendo.

— Cuando los encontremos, lo averiguaremos. Voy a llamar a todos mis hombres para que viren la ciudad patas para arriba hasta que los encuentren y me los traigan vivos. No podemos llamar a la policía. Esto no se puede saber.

Acto seguido llamó a sus hombres, dio instrucciones para que los encontraran.

Tomaron tres habitaciones una al lado de la otra. Amparo estaba muy nerviosa, el desenlace se acercaba y temía por la vida de la niña. Era un hotel pequeño, en una loma donde se podía ver la ciudad. La vista era extraordinaria y se podía ver el camino claramente. Tenía un camino despejado y una vereda por la parte de atrás con un pequeño lago. El dueño era primo de Ricky, que había sido sargento en el ejército, y estaba retirado. Cuando Ricky se enteró de lo que sucedía, lo llamó y para suerte de ellos estaba terminando unas mejoras, lo que mantenía el hotelito sin huéspedes. Después de acomodarse, bajaron al comedor donde la esposa de Louis terminaba de servir la cena. Mientras, Louis y Ricky hablaban en el balcón que quedaba junto al comedor.

— Gracias, primo, si no hubieras aceptado ayudarnos a esta hora no sabríamos dónde nos íbamos a esconder.

— Para esos somos familia. Nunca me olvido de que me ayudaste a mí y a Isabel cuando nos mudamos a este lugar. Venías a trabajar, recién tu esposa muerta, y te tenía que decir que pararas para descansar. Era como si trabajando, te sacaras la rabia que tenías por dentro. Por ti es que tengo este lugar y sabes que cuando decida irme de aquí, es tuyo. A mis hijos no les interesa vivir aquí. Ambos me sugirieron que te lo dejara, tengo todo listo.

— Sabes que siempre te he querido como un hermano y me refugié contigo y con Isabel cuando mi esposa falleció. ¿Pero a dónde te vas a ir?

— Te adelantaste a mi llamada. Estaba arreglando el sitio para decirte que Isabel y yo nos vamos a vivir a Costa Rica. Yo invertí en un negocio con su padre y él se quiere retirar. Está viejo y el negocio ha crecido demasiado. Isabel es su única hija, nuestros hijos viven lejos de nosotros y tenemos que irnos.

— Si esa es tu decisión, está bien conmigo. Vamos adentro, Isabel nos está llamando. Luego hablamos.

Después de cenar, las mujeres fueron a la cocina a lavar los platos, mientras los hombres preparaban los planes para protegerse de lo que venía. Louis se enteró de la situación y los llevó al sótano de la cabaña que estaba cerca del hotel, tenía un arsenal de armas en él. Le gustaba cazar y tenía su permiso. Cuando había huéspedes, ellos hacían su vida en la cabaña. Sólo cocinaban y comían en el comedor cuando estaba el hotel ocupado. Ya lo que faltaba eran detalles sencillos para terminar la remodelación. Era un lugar de una vista hermosa y muy acogedor. Tenía sólo veinte habitaciones, bueno para alejarse del ruido de la ciudad, para descansar y para recién casados. El lago, aunque era pequeño, se hacía buena pesca. Hubieron temporadas que la lista de espera era enorme.

— Primo, tiene suficientes armas como para armar una guerra usted solo.

— Las armas han sido mi pasión. Fui especialista en artillería, además de ser uno de los mejores francotiradores en mi regimiento. No he dejado de practicar, nunca se sabe cuándo es necesario usar las habilidades.

— Por ahora, no creo que sea necesario, nadie conoce dónde estamos –comentó Edward

— Es mejor precaver, que tener que remediar –dijo Ulises.

— Vamos a revisar los papeles para ver si podemos encontrar algo que nos indique quien puede ser el informante en la oficina del fiscal.

Ernesto y Alex dieron varias vueltas por la casa de Pablo para cerciorarse de que no la vigilaban. Alex se quedó dormido en el asiento del pasajero. Ernesto estaba oyendo música cuando notó que las luces de la casa se prendieron.

— Alex, despierta, parece que alguien entró en la

casa.

— Dónde, qué, vamos para allá.

— Debemos hacerlo con cuidado, no sabemos si son ellos o la policía – dijo Ernesto.

Se bajaron del auto y entraron sigilosamente. Pasaron por todas las dependencias de la parte de abajo y subieron arriba, tampoco encontraron nada. Cuando bajaban las escaleras, se apagaron las luces y se volvieron a prender. Alex comenzó a temblar recordando su experiencia en el callejón.

— Son ellos, Ernesto, nos vienen a cobrar lo que le hicimos.

— Si no quieres que te meta un tiro aquí mismo, cállate la boca. Quédate detrás de mí, que yo voy a tumbar el relajo éste.

La luz se tornó tenue cuando bajaban las escaleras. Ernesto sacó su arma y gritó.

— Dame la cara ahora o sales muerto de aquí.

— *No te lo creo* –contesto una voz profunda. *Nadie se muere dos veces y yo estoy muerto hace rato.*

— Los muertos no hablan, acaba de salir de donde te escondes, cabrón.

— *Si eso es lo que quieres, te voy a complacer.*

Salió de una esquina uno de los que Pablo y él habían matado. Ernesto comenzó a disparar como un loco, mientras el muerto se acercaba riéndose macabramente. Cuando se le acabaron las balas, le tiró con el arma y trató de correr. Todos los que habían muerto a manos de ellos, estaban haciéndole un cerco. Alex lloraba de rodillas detrás de Ernesto.

— Te lo dije y no me creíste, ahora que vamos a hacer.

— ¿Qué es lo que quieren?

— *Queremos a Pablo* –dijo una voz de mujer que venía al lado de un hombre alto vestido de negro con capa, bastón y cara de carabela.

— Melissa, no puede ser, yo te maté y los muertos no salen de sus tumbas.

— *Cuando vienen hacer justicia, salen* –le contestó. *Vine a cobrar lo que ustedes me hicieron y todos los que estamos aquí vinimos a lo mismo. Dile a Pablo que se le llegó su hora, que no se nos va a escapar.*

La luz volvió a funcionar normal tan pronto desaparecieron los espectros, pero yacían en el suelo dos hombres muertos de miedo y con los pantalones mojados de orines.

Estelita se había dormido, Regina se había ido al cuarto con Edward. Los otros cuatro agentes estaban de guardia junto con Ulises, que se negó rotundamente a encerrarse en un cuarto, él sabía cómo protegerse. Amparo no podía dormir y se sentó en el balcón. Ricky se acercó a ella.

— Le molesta si me siento aquí.

— No.

— No puede dormir igual que yo.

— Estoy muy preocupada por Estelita y por todos. Esto no se puede salir de sus manos. Personas inocentes pueden morir.

— Lo sé. Ya sabemos quién es el delator. Tenemos un plan, pero hasta mañana no podemos hacer ningún movimiento.

— Eso me da un poco de tranquilidad.

— Cuando salgamos de todo esto, piense que sólo fue una pesadilla.

— No es están fácil, pero lo voy a intentar.

— Amparo, sé que éste no es un buen momento, pero quisiera que me contestara la pregunta que le hice el día que Ulises me golpeó con su arma.

— La que tiene que ver con su esposa, me imagino.

— Sí, esa misma.

— Voy a intentar hacerlo. Deme un segundo para conectarme, este lugar es perfecto para hacerlo por lo tranquilo y balanceado energéticamente.

— Se lo voy agradecer eternamente.

— Siento la presencia de alguien que se acerca. Dice que es su Caroline. Que está bien y que quiere que deje su soledad. Está en un lugar hermoso y que tus padres, John y Mary, te envían saludos. Que todo va a salir bien. Ah, y que no pierdas la oportunidad de realizarte con alguien que te va a hacer muy feliz. Si no sabes quién es, recuerda el sueño de la mujer de la playa.

— Gracias, Amparo –decía mientras se secaba las lágrimas. Quiere un café. Yo lo voy a preparar.

— Está bien, me hace falta.

— No me tardo.

Juana se apareció de pronto y le dijo.

— *Sé que ese hombre te agrada. Es un buen hombre y quisiera que le dieras una oportunidad. La mujer de la playa eras tú, igual que él lo fue en el sueño tuyo. Piénsalo me harías muy feliz.*

— Es cierto que me agrada, pero tengo mucho miedo. No he vuelto a compartir con nadie y no sé si pueda hacer feliz a algún hombre.

— *Confía en mí, nunca te he fallado y te puedo asegurar que vas a ser feliz con él.*

— Está bien, pero si sólo él tiene un acercamiento. No voy a tomar la iniciativa.

— *Me retiro, ya se acerca, por favor, piensa en lo que te he dicho.*

— Espero que le guste.

— Huele muy bien –dijo ella sonriéndole.

— Amparo, tiene una sonrisa muy linda, debe hacerlo más a menudo.

— Ricky, en mi vida han habido pocas ocasiones para sonreír.

— Sí, lo sé y me apena mucho. Usted es muy bonita, no entiendo porque no rehízo su vida.

— Tal vez era el miedo de que me hicieran sufrir. Además, el no poder tener hijos contribuyó a mantenerme alejada de una relación.

— Yo perdí a mi esposa por esa razón. Ella quería tenerlos y yo prefería tenerla a ella. Le propuse adoptar y no lo aceptó. Por ese capricho, la perdí. Hoy soy, como dicen mis amigos, un lobo solitario. Mi depresión me alejó del amor y ahora que me he recuperado, ha pasado el tiempo.

— Usted está joven, puede empezar de nuevo.

— Tal vez lo intente.

— Hágalo, tiene todo el derecho de ser feliz.

— Yo espero que también usted lo haga.

— Creo que cuando salga de todo esto, me voy a dar una oportunidad.

— Perdone, mi atrevimiento ¿hay alguien que le agrade?

— Sí, hay alguien. Lo que no sé es si yo le agrado.

— Cualquier hombre se sentiría alagado de agradarle a una mujer como usted.

— Gracias, y usted le agrada alguien en específico.

— También, pero tuvimos varias situaciones desde que la conocí y tal vez no me atreva a decirle nunca que me encantaría comenzar a conocerla de otra manera.

— No hay mejor gestión que la que no se hace. Trate a ver, se podría llevar una sorpresa.

— Amparo, yo quiero que sepa que usted me agrada y quisiera que me diera la oportunidad de conocerla mejor.

— Ricky, para conocernos mejor empieza por tratarme de tu. Me agradas también, sólo te pido que me des tiempo, pues son muchos años encerrada en mi dolor y sé que no va a ser tan fácil.

— Estoy dispuesto a darte ese tiempo.

La tomó de la mano suavemente, atrayéndola hacia él. La rodeó con sus brazos por la cintura. Sus labios se acercaron. Un beso tierno y dulce que se prolongó por un instante, mientras ambos temblaban de placer y de miedo, selló la esperanza de un nuevo comienzo de dos almas marcadas por el dolor.

— Amparo, siento que te voy a amar más pronto de lo que creí. Ahora sé lo que siente Edward y Regina. Esto va a ser para toda la vida.

— Sólo te pido que no juegues con mis sentimientos, no puedo resistir otra traición más.

— Puedes estar segura que no soy ese tipo de hombre. Confía en mí.

Se volvieron a besar, de momento Regina llegó al balcón, sorprendiéndolos.

— Perdón, no sabía que estaban aquí –dijo Regina.

— Ricky, Edward necesita que te reúnas con él y los muchachos. Algo averiguó que te quiere comentar.

Ricky le dio una dulce mirada y se retiró.

— Ya que Ricky se fue, cuéntame todo –dijo Regina.

— ¿Que quieres que te cuente, si nos viste besándonos?

— Cuéntame cómo llegaron a ese beso.

— Te voy a contar, pero guárdame el secreto.

Capítulo XIV

Pablo y Alex casi se arrastraron para llegar al auto. Estaban pálidos con el rostro desencajado y orinados. Tenían el miedo reflejado en todo el cuerpo y hasta en la ropa.

— Tenemos que escapar de aquí –decía Ernesto con dificultad.

— ¿Para dónde nos vamos a ir? –le preguntó Alex.

— Yo me voy por mi lado, busca irte por el tuyo. Tengo algún dinero, pero es para mí solo. Tú te gastaste lo que ganabas en licor y mujeres, me imagino.

— Pero somos amigos, tú debes ayudarme.

— No soy tu niñera, resuélvete como puedas. Voy a recoger algunas cosas y me voy para Colombia, allí tengo amigos que me pueden ayudar.

— Nunca pensé que me abandonarías después de todo lo que hemos hecho juntos. De nada te valdrá huir, esos están muertos y te van a perseguir al igual que a mí hasta el infierno, si es necesario. Lo que tenemos que hacer es decírselo a Pablo, él es el que inventó todo esto y el de abrir las tumbas de los difuntos ya enterrados para echarlos encima de los ataúdes.

— Él no nos va a creer. Ese no cree ni en la madre que lo parió –afirmó Ernesto.

— Entonces, lo que nos queda es escapar.

— Así es.

— Lo más que puedo hacer por ti es llevarte a tu casa y darte algo para que te resuelvas. Yo salgo esta misma noche para Colombia.

Ernesto dejó a Alex en el apartamento y salió rumbo al de él. Se bañó, recogió alguna ropa y compró el pasaje por teléfono. Buscaría a Alex y lo montaría en un avión para Santo Domingo, le daría par de pesos y hasta nunca. No podía creer lo que estaba pasando. Se comunicó con Alex y le explicó lo que iba a hacer, él estuvo de acuerdo. Cuando se dirigió a la puerta, vio como un bulto atravesaba la pared y se convertía en una figura alta, con una capa, un sombrero de copa, bastón y cara de carabela.

— ¿Y tú, a dónde crees que vas?

— Déjeme en paz. Yo sólo seguía instrucciones, Pablo es el de la culpa.

— Los tres son cómplices y tienen que pagar.

— Eso no remedia lo que ya se hizo.

— Estas equivocado, esas almas no van a descansar hasta que se haga justicia.

— Está bien, pero no le aseguro que Pablo me crea.

— Lo que tienes que hacer es el intento, de lo demás nos encargaremos.

Julio estaba desesperado por saber de Amparo. Había disimulado bastante, pero ya no aguantaba. Tenía a sus hombres para arriba y para abajo tratando de localizarla.

Sin que Pablo se percatara, la llamó a su celular sin recibir respuesta.

Amparo entró a la habitación que compartía con la niña para revisar si Estelita estaba dormida y vio la señal de llamada perdida.

— Regina, Julio me acaba de llamar al celular.
— Vamos donde están los muchachos para decírselo.
— Eddy, Amparo recibió una llamada de Julio.
— Tenemos que hacer algo para que esto se empiece a resolver. Ya sabemos quién es el informante. Mañana voy a ir con las pruebas al juez que me está diligenciando una orden de arresto para él y de ahí en lo adelante, se va a estar deteniendo a toda la organización.
— Se va a revolcar el avispero –dijo Ricky.

Ernesto no le quedó otro remedio que llamar a Pablo. No le dijo nada, pero le comunicó que tenían que encontrarse; habían problemas, necesitaba verlo.

— Julio todo está tranquilo. Tengo que salir a encontrarme con los muchachos. Vengo tan pronto resuelva.
— Está bien, yo te espero aquí con mis muchachos.
— Nos vemos pronto.

No bien salió Pablo del hotel, Julio intentó llamar a Amparo sin recibir respuesta. Se le ocurrió buscar con sus conexiones, un técnico que le rastreara el teléfono.

Edward recibió la llamada del juez que firmó las órdenes para los arrestos del fiscal federal, Julio, Pablo y los jefes grandes de la organización para que fueran a buscarlas. Querían empezar por los cabecillas para que no pudieran escapar, los pejes menores se capturarían después. En una hora ya tenían en sus manos las órdenes. El ayudante del fiscal, hacía tiempo que sospechaba que el fiscal estaba involucrado con la organización. Cuando estuvo seguro se comunicó con los que podían acelerar el proceso. Su satisfacción sería ver la cara del fiscal cuando lo arrestaran, ya que éste siempre lo estaba humillando. Se dirigió a la oficina junto con varios agentes.

— Señor Joseph Stuart, está arrestado por conspiración, soborno y negocios con el bajo mundo.

— Te has vuelto loco, yo soy tu jefe, no te atrevas a ponerme una mano encima.

— Agente, explíquele sus derechos. Aunque él los sepa y arréstelo. No le permita hacer ninguna llamada hasta mañana. No queremos que dé la alerta a sus socios. Si forcejea, sométanlo como sea.

— No se preocupe que haremos lo que haya que hacer.

Julio aprovechó que Pablo se había ido y con la ayuda del técnico pudo localizar las coordenadas donde se encontraba Amparo. Envió a dos de sus hombres a revisar el lugar. Tenía que aprovechar que había oscureciendo para salir a buscarla.

Edward y Ricky se quedaron custodiando a Ulises, junto con Amparo y Estelita, mientras los otros se movían a diligenciar los arrestos.

— Regina, presiento que algo inesperado va a suceder –dijo Amparo.

— Yo también lo presiento. Le pido a Dios que salgamos con bien de todo esto.

Julio se fue con varios de sus hombres y llegaron a donde el técnico le había indicado era un lugar solitario, solo un pequeño hotel que se encontraba en una loma.

— Tenemos que esperar que oscurezca para poder llegar al lugar sin ser vistos –comentó uno de los guardaespaldas.

— Estoy de acuerdo, pero uno de ustedes debe ir a reconocer los alrededores para evitarnos sorpresas –dijo Julio.

— Sí, jefe, yo voy a hacer la ronda.

Sigilosamente, el hombre comenzó a moverse por la parte donde estaban varios árboles y muchos arbustos rodeando el lago.

Amparo estaba sirviendo la comida y cuando fue a buscar unos vasos vio a su abuela que atravesaba la puerta.

— Abuela ¿qué sucede?

— *Se acerca uno de los hombres de Julio por el área del lago. Busca cubrir a la niña y a ti, junto con la esposa del dueño del lugar. Avísale a tu hombre y a los demás de lo que está sucediendo. Son dos vehículos y hay como diez y hay muchas armas. Avanza y muévete. No tengas temor que estamos cerca.*

— Sí, abuela, voy inmediatamente.

Entró al comedor, pálida y con el rostro desencajado.

Pablo llegó a recoger a su primo Ernesto al apartamento donde éste vivía.

— ¿Para qué traes maletas? Que yo sepa, no tenías viaje planeado –dijo Pablo intrigado.

— Cuando te cuente lo que está pasando, tú también te vas a querer ir.

— Acaba de empezar, que tengo muchos problemas para que tú me traigas más.

— Yo prefiero esperar, recoger a Alex y los dos hablamos, ya estamos cerca. Voy a llamarlo al celular para que baje.

— Yo espero que sea verdaderamente importante, no estoy para perder el tiempo.

Después de la llamada, Alex casi bajó corriendo con una mochila a su espalda solamente.

— Se puede saber qué carajo se traen ustedes.

— Vamos a un lugar donde podamos hablar sin problemas –dijo Ernesto nervioso.

— Vamos a un parque pequeño que queda cerca de la casa, que a esta hora está solitario.

Se dirigieron al parque. Pablo estaba silencioso y se notaba contrariado.

Amparo se acercó a Eddy y a Ricky. Sus nervios la estaban traicionando, no quería que la niña notara.

— Nana, ¿te pasa algo? Estas igual que cuando el amigo de mi papa te oyó cantando. ¿También aquí hay fantasmas?

— No, Estelita. Ve al cuarto con Regina, que yo te llevo la comida para comer juntas.

— Está bien, vamos Regina hay una película que no me quiero perder.

Ambas se levantaron de la mesa para dirigirse a la habitación. Regina miraba a Amparo como preguntándole qué estaba pasando, pero ella volteó la cara para que no viera el miedo reflejado en su cara.

— ¿Qué sucede? –preguntó Ricky.

— Ya están aquí. Dos guaguas con diez o más hombres bien armados. Julio me vino a buscar.

— Tenemos que prepararnos para recibirlos. Entiendo que están tratando de averiguar cuántos somos –dijo Eddy.

— Louis, tenemos visita –avisó Ricky a una silla que ya estaba vacía igual que la de Ulises. Tenemos no más de diez minutos para buscar posiciones.

— A dónde se fueron tu primo y Ulises.

— Aquí estoy, fuimos a buscar varias armas de las que Louis tiene en el sótano junto con las municiones. Él se quedó sacando más para él. Me dijo que les dijera que protegieran a las mujeres adentro, que él se encargaba afuera.

— Él es muy astuto, conoce el lugar como la palma de su mano –comentó Ricky. Es un hombre de acción, cuerpo a cuerpo, y un hábil francotirador.

— En los días que he estado aquí, he aprendido mucho del terreno –dijo Ulises. Hay que poner las mujeres en el almacén de comestibles, mientras buscamos posiciones y los tomamos por sorpresa. Ellos no conocen el terreno y nosotros le llevamos ventaja.

— Me traté de comunicar con los cuarteles, pero algo pasa que hay interferencia.

— No te preocupes, Eddy podemos controlar la situación si coordinamos bien los movimientos - acotó Ricky.

— Vamos a poner las mujeres a salvo, ya ha oscurecido lo suficiente como para que traten de atacarnos –aseveró Ulises.

— Yo las llevo al almacén, mientras tú apagas todas las luces –dijo Ricky.

— Eddy, ve a despedirte de Regina al cuarto, que luego las llevo a donde estén fuera de peligro.

— Ok.

Eddy tocó la puerta y entró. Abrazó fuertemente a Regina y la besó apasionadamente.

— Amor, pase lo que pase, oigas lo que oigas, no abras la puerta para nada. Ricky las va a llevar al almacén de comestibles, es el lugar más seguro de la casa.

— Mi amor, cuídate, esa gente es muy peligrosa,

— Sí, me voy a cuidar, tengo algo importante que decirte. Cuando salga de esto, hablamos. Ricky vendrá en unos minutos.

Salió de la habitación después de besar a Regina nuevamente. Ricky estaba esperando afuera y todas salieron de la habitación. Llegaron a la cocina donde se encontraba una puerta que las llevaría al almacén de comestibles. Entraron la esposa de Louis, Estelita y Regina. Cuando Amparo iba a pasar, Ricky la detuvo, la atrajo hacia él y le dio un largo beso.

— Amparo, vamos salir de aquí, pídele a tus santos que nos protejan.

— Todo va a estar bien –le contestó ella.

— Dios lo quiera –entra y cierra por dentro, no le abras a nadie hasta que quien te hable sea Eddy, yo o uno de los muchachos. Si quien viene, golpea la puerta tres veces y luego dos, le puedes abrir.

Volvió a besarla y se alejó de ella cabizbajo.

— *No temas, estamos a tu lado y vamos a protegerte a ti y a todos los de la casa –dijo*

Anaisa, su guía.
— Lo sé, pero no deja de preocuparme.

Por más que el guarda espalda de Julio buscó la manera de saber cuántos habían, estaba confundido. Lo mismo parecía que eran cinco como veinte. Era que los espíritus de Amparo pasaban como un celaje y él no acababa de contar.

> — Don, no pude saber cuántos son, pero creo que hay como cuatro o cinco.
> — Pueden ser mil, y no me importa, tienen que sacar a mi mujer de ahí aunque les cueste la vida.
> — ¿Quiere que nos acerquemos más?
> — Sí, vamos a avanzar. Tengan cuidado y no disparen hasta que les avise. No quiero que la hieran ni a ella ni a la niña.
> — Nos vamos a esparcir por todo el territorio sin hacer ruido, jefe, todo con el cuidado que nos pide.
> — Yo los voy a esperar en mi vehículo –dijo Julio.

Todos empezaron a dispersarse, mientras Ulises y Louis los observaban desde un punto estratégico.

> — Ulises, ve detrás de ellos silenciosamente, que yo voy a disparar a los que se acerquen más a la casa.
> — Bien, yo sé cómo sacarlos del medio sin hacer ruido.

Se fue moviendo sigilosamente y le rompió el cuello al primero y luego lo arrastró hasta unos árboles para que no lo vieran.

> — *Cuidado, hijo, que hay uno a la derecha.*

Tiró su puñal directo a la garganta muriendo al

instante y sin ruido. Se movió a la izquierda y le disparó al siguiente.

Comenzó un tiroteo de ambas partes y cuando se empezaron a mover, Louis fue matando a los últimos tres, pues Eddy y Ricky junto con los otros dos compañeros, sometieron a los que faltaban. Cuando llegaron a la guagua, ya Julio estaba esperándolos tranquilamente.

> — Queda detenido por conspiración e intento de asesinato.

> — Sólo quiero que me dejen hablar un momento con Amparo.

> — Yo voy a preguntar si quiere hablar con usted.

> — Por favor, dígale que es la última vez que vamos a hablar.

> — Bien, espere un momento.

Ricky llegó frente a la puerta, tocó tres veces y luego dos, y Amparo abrió la puerta. Se abrazaron y las lágrimas corrían por las mejillas de los dos. Se besaron apasionadamente hasta que Ricky la apartó y le dijo

> — Julio quiere despedirse de ti.

> — Sé que es la última vez que lo voy a hacer. Vamos.

Fue hasta donde estaba Julio, esposado y por primera vez sintió lástima por él. A lo lejos, se podían oír las sirenas de las patrullas que se acercaban.

> — Dime, Julio.

> — Quiero que sepas que pude haber huido, pero el amor que siento por ti fue más fuerte. Sé que tengo que pagar todo lo que he hecho en esta vida, pero de lo único que me arrepiento fue del daño que te hice y del tiempo que perdí al no estar a tu lado. Hay unos papeles que no tienen

que ver con los negocios sucios que tuve, sé
que le vas a dar buen uso.

— No tienes que darme nada, yo te perdono y voy
a vivir sin tu sombra. Ya no hay rencor en mi
corazón ni para ti ni para quien me pudo hacer
algo malo. Estoy feliz porque encontré el amor
que tú no me supiste dar.

— Cuando uno ama de verdad, puede ser feliz si a
quien ama logra serlo, aunque no sea con uno.
Te deseo lo mejor.

— Gracias y que logres tener paz, porque ahora
comienza el tiempo de saldar tus deudas.

— Adiós, Amparo, y que seas feliz.

— Que Dios te dé fortaleza y que puedas soportar
lo que te espera.

Le tendió la mano y él se la estrechó dándole un beso,
mirándola a los ojos le sonrió y le dio la espalda.

— Sé que ese hombre te hizo mucho daño, pero no
puedes dudar que su sentimiento hacia ti es
genuino.

— Lo sé, Ricky, pero él no supo valorizarme.
Ahora empieza su calvario, cuando yo salí del
mío.

Recogieron los cadáveres y arrestaron los que
quedaban vivos. Eddy y Ricky tenían que hacer el
informe de lo sucedido, decidieron volver al apartamento
después de preguntar a Anaisa si podían hacerlo. Ella dio
el visto bueno y procedieron a moverse. Ulises se fue con
Eddy y los demás. Ricky y Louis se fueron para el
apartamento porque Amparo tenía que ir a su altar,
todavía faltaba Pablo y sus secuaces de pagar lo que
debían con los muertos.

Llegaron al apartamento todos los que quedaban, incluyendo a la esposa de Louis que se acomodó en el cuarto de Ulises. Regina se llevó a Estelita y Ricky y Ulises montaron guardia, por si alguien se atrevía a llegar allí.

Con las órdenes que tenían fueron arrestando a los grandes de la organización.

Mientras tanto, Pablo había ido a buscar a sus cómplices reuniéndose en el pequeño parque cerca de la escuela de Estelita.

— Desde que se montaron en el carro están hablando sandeces y con mucho rodeo, cuál es la urgencia.

— Yo sé que no me lo vas a creer, pero estamos en peligro los tres. Por eso es que me voy para Colombia y éste se va para Santo Domingo.

— No entiendo nada, ¿qué es lo que pasa?

— Sucede que toda la gente que matamos se nos están apareciendo y nos dijeron que se iban a vengar de nosotros.

— De qué coño estás hablando ahora, resulta que eres supersticioso.

— Te lo dije, Ernesto, no nos va a creer.

De pronto una brisa fría arropó la noche y unas sombras comenzaron a acercarse a ellos. Pablo comenzó a disparar a las sombras, mientras todos se montaban nuevamente en el carro. Salieron disparados a toda velocidad. Pablo estaba pálido y les gritaba a sus cómplices que se callaran y dejaran de gritar. De pronto, frente a su auto estaba un hombre alto con cara de calavera que los hizo chocar contra un árbol en su huida. Sin darse cuenta, fueron a tener a un cementerio de los que Pablo había utilizado. Melissa se acercó a Pablo.

— Ha llegado el momento de que pagues lo que me hiciste a mí y a los otros. Se acabó el tiempo de crímenes y abusos, te llegó el momento de pagar.

— Yo no te hice nada, fue Ernesto y Alex.

— Maldito, lo hice porque tú me mandaste –dijo Ernesto.

— Perdón, por favor, estoy arrepentido necesito una oportunidad –clamaba llorando Pablo.

— Pareces mujercita, no que el más valiente y ahora te tocó a ti como cuando te burlabas de mis lágrimas el día que te suplicaba que no me mataras y ahora, ¿qué?

— Esto no puede ser verdad, es una pesadilla.

— *Levántenlos a los tres, ya las tumbas están abiertas; así como mataste, has de morir.*

— No me pueden hacer esto, ésos dos son los culpables, déjenme vivir –gritaba Pablo.

Los gritos de los tres miserables se confundían echándose la culpa unos a otros. Los levantaron y los tiraron en unas tumbas vacías, los gritos fueron disminuyendo a medida que le echaban la tierra encima. Muerte más terrible que las que ellos cometieron, estaban siendo enterrados vivos.

Todos los difuntos se fueron esfumando, sólo Melissa quedó pidiéndole al Barón del cementerio le dejara llegar al lado de Amparo para despedirse.

— *Ve a despedirte, ya puedes ir al lugar que te corresponde en paz.*

Llegó al lado de Amparo que estaba en su cuarto rezando.

— Ya todo acabó. Los culpables pagaron lo que hicieron, Melissa. Ya puedes descansar en paz, tu hija está a salvo y tu familia se encargará de hacerla una mujer de bien.

— *Tengo que darte las gracias por lo que hiciste por mí. Sé que vas a ser muy feliz. Dile a mi hija, que siempre la voy a querer, que no se olvide de mí. A mi madre, que siempre ore por mí y a mis hermanas que sean felices y que no me olviden.*

— Sé que no te olvidarán. Ve con Dios, que todo estará bien.

Han pasado varios meses y todo ha vuelto a la normalidad. Estelita vive con su abuela en Puerto Rico y está muy feliz. Ricky y Amparo se casaron y viven en el hotel que el primo le cedió. Eddy y Regina se casan a fin de mes. Julio nunca saldrá de la cárcel. Ulises consiguió, por su testimonio, que le cambiaran la identidad y se fuera a Suramérica a hacer una nueva vida para su felicidad y la del espíritu de su madre. Todo lo que Julio le dejó a Amparo, ella lo regaló a instituciones que ayudan a los desamparados.

Sólo algunas noches, los que pasan por cerca del cementerio, oyen los gritos de unos hombres que piden piedad y, luego, se queda todo en silencio.

Fin

La Autora

Angie Gutiérrez nació un 20 de diciembre de 1951 en Nueva York. Se trasladó junto con sus padres a Puerto Rico a la ciudad de Ponce, cuna de varios cantantes y músicos que le han dado gloria a Puerto Rico. El barrio Bélgica la vio crecer y desarrollarse como estudiante destacada en las escuelas a las que asistió. La habilidad que nació con ella de poder entrar a un mundo prohibido es lo que hoy la ha convertido en una hábil y sencilla escritora. Combina el mundo normal donde vive y el no normal invisible con el que se conecta para escribir historias de "misterio", que quien las lee pide más. Participa en programas de televisión en Puerto Rico, ha tenido secciones en programas de radio y recientemente condujo un programa "online" con el propósito de ayudar y dar conocimiento a quienes le interesan esos temas. En este programa hacía consultas por teléfono, horóscopo espiritual, recetas para las necesidades de suerte, amor, dinero y casos reales además de tocar temas espirituales. Su primera novela sigue la temática sobre el mundo espiritual, como su primer libro, de cuentos, "Entre Dos Mundos". Una de sus historias, inspirada por un espíritu, se convirtió en un cortometraje titulado ""After Death" que se presentó en el Festival de Horror en Puerto Rico. Está finalizando otra novela donde incursiona en el tema del vudú. Esperamos que siga escribiendo porque es la primera mujer puertorriqueña que escribe y publica libros sobre ese tema.